LUIZ RUFFATO

DAS BUCH DER UNMÖGLICHKEITEN

LUIZ RUFFATO wurde 1961 in Cataguases im brasilianischen Bundesstaat Minais Gerais geboren und wuchs in einer armen Migrantenfamilie auf. Er arbeitete u.a. als Verkäufer und Dreher und studierte Journalismus. Im Jahr 1998 veröffentlichte er einen ersten Band mit Kurzgeschichten. Drei Jahre später folgte der Roman »Es waren viele Pferde« (Eles eram muitos cavalos), der als Klassiker der modernen brasilianischen Literatur gilt. Zwischen 2005 und 2011 schrieb Luiz Ruffato den fünfbändigen Zyklus »Vorläufige Hölle« (Inferno próvisorio), der auf Deutsch bei Assoziation A (Bd. 1: »Mama, es geht mir gut«; Bd. 2: »Feindliche Welt«, Bd. 3 »Teilansicht der Nacht«) erscheint. Seine Migrantengeschichte »Ich war in Lissabon und dachte an dich« erschien 2015 auf Deutsch.

Luiz Ruffato war Eröffnungsredner der Frankfurter Buchmesse 2013 und erhielt gemeinsam mit seinem Übersetzer Michael Kegler 2016 den Internationalen Hermann-Hesse-Preis.

LUIZ RUFFATO

DAS BUCH DER UNMÖGLICHKEITEN

VORLÄUFIGE HÖLLE
BAND 4

Aus dem Portugiesischen
von Michael Kegler

ASSOZIATION A

Titel der Originalausgabe: *O livro das impossibilidades* (Editora Record)

Obra publicada com apoio do Ministério das Relações Exteriores doBrasil em cooperação com a Fundação Biblioteca Nacional/Ministério da Cultura.

Veröffentlicht mit Unterstützung des brasilianischen Außenministeriums in Kooperation mit der Stiftung Nationalbibliothek/Kulturministerium.

MINISTÉRIO DA CULTURA
Fundação BIBLIOTECA NACIONAL

MINISTÉRIO DAS RELAÇÕES EXTERIORES

Die Übersetzung aus dem Portugiesischen wurde mit Mitteln des Auswärtigen Amtes unterstützt durch litprom e.V. – Literaturen der Welt.

LITPROM
LITERATUREN
DER WELT

Assoziation A, Gneisenaustraße 2a, 10961 Berlin
www.assoziation-a.de, hamburg@assoziation-a.de, berlin@assoziation-a.de

Foto Einband: Kay Fochtmann / photocase.de
Gestaltung: Andreas Homann
Druck: CPI
ISBN 978-3-86241-469-7

Für Geni und Sebastião, meine Eltern
Für meine Kinder Helena und Filipe

Da sagte Daniel: Gott, du hast also an mich gedacht;
du lässt die nicht im Stich, die dich lieben.
DANIEL 14,38

Die Götter sind Götter
Weil sie nicht denken.
RICARDO REIS (FERNANDO PESSOA)

ES WAR EINMAL

Der Nachname auf dem Ausweisschild ließ jeden Zweifel verfliegen: Hinter dem mexikanischen Schnäuzer in dem von der Sonne nur wenig verwöhnten Gesicht steckte tatsächlich der Nílson von vor 15 Jahren, mit dem er sich im Aschgrau eines Julis betrunken hatte; nun stand er in Schlips und Krawatte als Aufpasser vorm Kaufhaus Mappin, Funkgerät in der linken Hand, Röntgenblick in den schwarzen Augen.

Er blätterte durch die CDs auf dem Tisch mit den Angeboten, im Augenwinkel den argwöhnisch streifenden Freund von früher. Ihn ansprechen, überlegte er, ***Nilson***, ein Klaps auf die Schulter, ***kennst du mich noch?*** Ob er sich erinnern würde? An jene Woche, die ihn aus dem gewohnten Trott, dem er bis dahin Etappe für Etappe schläfrige Tage verschlingend eifrig in der von Eltern, Geschwistern und Freunden vorgezeichneten Bahn gefolgt war, hatte ausbrechen lassen. Nein, Nílson erinnerte sich ganz bestimmt nicht mehr. Aber ihm waren glasklar diese Namen geblieben, zersprungen ins Ungewisse, damals, irgendwann 1976: Nelly, die Patentante Alzira, Onkel Olegário, Indiara, Edu, Jimmy, Zezão, Dinho, Wil ... und Natália ...

NATÁLIA

Als sei ein Hund von der Straße durch die offene Tür plötzlich ins Zimmer gekommen, ein Sabberfaden an der heraushängenden Zunge, wild mit dem Schwanz wedelnd, selbst für ein nicht wirklich aufrichtiges Streicheln. Aber es war ein Mädchen gewesen mit frechblauen Augen und nachtschwarzem Haar glatt über den schmalen Schultern. **Das ist Natália**, sagte ein blumengemustertes Kopftuch im Türwinkel, **Sag guten Tag, Junge!**, donnerte unsichtbar Mutters Stimme.

Linkisch hatte er ihr seine rechte Hand entgegengestreckt, wenig begeistert, dass man seine Ruhe gestört hatte in dem Zimmer, das er sich mit seinen zwei Brüdern teilte, doch das Mädchen nahm sie gar nicht wahr, fragte gelangweilt, **Bist du der Guto?**, derweil das Kopftuch lächelnd gewinkt hatte **Guto, Hallo, kennst du mich noch?**, Natürlich, die aus São Paulo hatte ihm vor zwei Jahren das Knopffußballspiel geschenkt, ***Das Team von São Paulo. Magst du São Paulo?*** Nein, aber begierig hatte er das Papier aufgerissen, war raus auf die Straße, um den neidischen Jungs die Gesichter zu zeigen: Picasso, Nenê, Roberto Dias, Jurandir, Arlindo, Carlos Alberto, Dé, Miruca, Nelsinho, Babá, Paraná. **Hallo, Frau Nelly**, murmelte er und es störte ihn, dass man in seinen Sachen herumfingerte, sie sagte freundlich **Ich hab die Natália mitgebracht, damit sie dich kennenlernt**, **Benimm dich, hörst du?**, drohte die Mutter, *Ei ei ei*, er hatte sich gefügt, und im Wintermorgen verflogen die Stimmfetzen. Natália in T-Shirt und kurzen Hosen, *friert die nicht?, ist die dumm?*, hangelte tanzend, Sandalen in der Hand, auf dem Klappbett nach einer vom Dachsparren hängenden rußigen Spinnwebe.

Entschlossen, ihr nicht nachzugeben, setzte er sich auf die andere Matratze, griff sich den Brasinha-Comic, vertiefte sich unkonzentriert in die Geschichte. **Wie alt bist du?**, knallte schon wieder die Nervensäge in seine Aufmerksamkeit. **Zehn**, brummte er. **Ich auch! Spielen wir Mama und Papa?**, schlug sie vor, und dann gleich **ich bin die Mama, du bist der Papa.** Er aufgeschreckt, **Ich? Also von wegen!**, aber sie überhörte es, kam zur Sache:

— Ich gehe dann mal. Muss im Krankenhaus arbeiten. Ich stell' dir das Essen warm.

— Von wegen! »Ich« gehe arbeiten! »Du« bleibst zu Hause!

— Nein ... Weil du arbeitslos bist ... Aber macht nichts, ich kann für dich sorgen ...

Und war raus aus dem Zimmer, die Tür angelehnt.

Und mit ihr waren der Lärm, die Aufdringlichkeit, der Akzent, der bestimmende Ton weg ...

Langsam schlich wieder Beschaulichkeit in die Welt.

Er wollte sich erneut in sein Heft vertiefen, aber nun machte es keinen Spaß mehr.

NELLY

Nelly, die schwarzen Haare kurz, hatte sich einfach davongemacht, verlobt mit einem der vielen Tausenden, die vor der Armut in die Labyrinthe der Industrieviertel São Paulos geflüchtet waren. Den Mann hatte sie – schlaksig, schüchtern, ein ernsthafter Junge – auf dem Platz vor der Kirche der Heiligen Rita getroffen, an einem nach Popcorn duftenden Samstag in den Farben des Springbrunnens. Beim Spazierengehen, sagte sie, mit dem kleinen Neffen, der noch ein Säugling war, irgendwann nach der Abendmesse; rasch waren sie fest miteinander gegangen, verkrampft schweigend unter dem sepiafarbenen Blick ihrer Eltern, die gerahmt an der Wand in der Wohnung der Familie in Vila Teresa hingen. Praktisch denkend, suchte Nelly die Zeiten der Abwesenheit und Abschiede so kurz wie nur möglich zu halten und drängte, er solle rasch um ihre Hand anhalten. Nach nicht einmal einem Jahr traten sie vom Altar der Kirche der Heiligen Rita hinaus in den Reisregen vor dem Ausgang. So hastig, dass selbst das Gift der Geschwätzigen – **Nelly, sehe ich da schon ein Bäuchlein?** – im Ansatz vertrocknete. Flitterwochen auf halbem Weg in der Absteige in Volta Redonda, im bläulichen Rechteck des offenen Fensters im zweiten Stock sah man im Hintergrund aus einem riesigen Schornstein flackernde Flammen, noch weiter hinten Metallarbeiter beim Schichtwechsel.

Und ganz weiter hinten nagte schwefelig Neid an erdrückenden Nachmittagen der Freundinnen, eingepfercht in der Spinnerei oder der Weberei der Fabriken von Cataguases. Nelly und ihr Dimas, verdammt!, die hat's geschafft, stechend blaue Augen aus hellbrauner Haut, unter dem dichten Schnurrbart nur gute Zähne, die schwarzen Haare mit Brillantine zurückgekämmt, eine Sünde wert der Kerl, Donnerwetter!, ein ganzer Lottogewinn; dass der Typ Buchhaltung in einer Chemiefabrik machte, ging herum, oder was zu sagen hatte in einer Chemiefabrik, oder was weiß man nicht alles in einer Chemiefabrik (Echt, Chemiefabrik? ...), jedenfalls, dass er es geschafft hatte, anders als die traurigen Hungerleider, die ihnen nur schlüpfrige Sachen ins Ohr flüsterten; arme Teufel, die um sechs Uhr zur Schicht gingen, mit einem Blick wie geprügelte Hunde aus ihrem Henkelmann fraßen, so traurig, mein Gott, und wissen, dass sie es nie schaffen würden, nie raus aus der Trostlosigkeit. Seufzten um Nelly, die sich mit Dimas, und kein Blick zurück, zwischen die Autos und Häuser und Leute geschlagen hatte, gebenedeit von São Paulo im Nebel, São Paulo, uii!

Davon träumten sie. Hatten nichts mitbekommen von der Enttäuschung von Nelly, als auch sie ihren Mann als den armen Teufel erkannte, in einem Verschlag in Saúde, drei Zimmer, kein Putz an den Wänden, keine Möbel, ein paar Quadratmeter, mit den Abzahlungen lange im Rückstand. Ein Melancholiker, der nirgends Arbeit fand, antriebslos, niedergeschlagen, ohne Hoffnung stundenlang auf dem alten Sofa herumlungerte, ungewaschen, unnütz wie ein Kalenderblatt von vor zwei Jahren. Haus. Ehemann. Wenn es sie manches Mal nachts in den Füßen juckte, nach Cataguases zurückzukehren, enttäuscht, ausgelaugt, hatte sie sich früh am Morgen mit roten Augen auf den Weg gemacht, die ganze befremdliche Stadt auf dem Kopf gestellt auf der Suche nach Arbeit. Nach vielen Blasen an den Füßen, die Sohlen der alten Sandalen schon ganz abgelaufen, fand sie schließlich Anstellung als Putzfrau im Krankenhaus Santa Cruz. Schwor nun, ihre Familie aus dem Morast zu ziehen, und karrte nach und nach auch ihre Schwestern heran. Vergaß sogar Dimas, befasste sich lieber damit, anzubauen, einen Kühlschrank zu kaufen, Holzparkett zu verlegen, zwei Zimmer, um sie zu vermieten, zu bauen, Betondecke drüber, sich zu vergrößern, die Welt zu vermessen, sie auszufüllen. Kinder wollte sie, wurde schwanger, wollte ihre Eltern zu sich holen, holte sie. Absolvierte die Abendschule zur Pflegehelferin. Vergrub sich in Bücher und schaffte es zur Krankenschwester. Die Zähne zusammengebissen, und eins nach dem anderen. Janderly und Marly sind gut verheiratet in Jabaquara und Tobão da Serra. Das Nesthäkchen Ivany ist noch ledig in Americana und arbeitet bei der Bank. Die Eltern sind unter ihrem Dach gut versorgt. Hätte sie ein Auto gewollt, bräuchte sie nur mit dem Finger zu schnipsen, schon hätte eins vor der Tür gestanden – an Geld fehlte es nicht, höchstens an Vernunft bei den Kindern.

Vielleicht ist sie glücklich. Würde sie nachdenken, vielleicht auch nicht. Aber sie denkt nicht nach.

DIMAS

Wie ein Filmschauspieler sah er aus, auf dem Schwarzweißfoto auf dem Nachttisch am Kopfende von Nellys Bett. Halbprofil, schwarzer Anzug, tadellos, Haare mit Glostora zurückgekämmt, glänzende Augen. Aufgenommen beim Fotografen in der Rua Direita. Hatte sich parfümiert. Im April hatte er den braunen Umschlag geschickt, hintendrauf *Meiner lieben Nelly als Zeichen der Liebe, Dimas – São Paulo, 14. März 1958* in geschnörkelter Schönschrift. An jenem Freitag war ihm die Innenstadt klein vorgekommen für seine unruhigen Füße, er hätte, wenn es sein müsste, bis ans Ende der Welt laufen können, um von Tür zu Tür die Wunder des Elektrolux-Staubsaugers anzupreisen. Doch niemand, so musste er an jenem Nachmittag feststellen, teilte seine belämmerte merkwürdige Euphorie, die ihn das winzigste Körnchen Sternenstaub zum Geschwister machte.

Faul hatte er sich in der Einsamkeit von Cataguases immer unter dem Bett verkrochen, winzige Spinnen seilten sich an Fäden zwischen den Sparren des Bettgestells ab, Stroh löste sich aus der Matratze, Salaaat Grünkoooohl Zichooorie, ein Pferd scharrt an der Wand ohne Putz, Salaaat Grünkoooohl friische Zichooorie versteckte sich vor dem Sommer, der hinter dem Rücken der Nachbarin tratschte, (...) **dann los und** (...) **wie's aussieht, hat das Kind ein Pro**(...) **kann nichts dafür, aber die Leute sa**(...), ausgestreckt in ihrem eigenen Bild träumt die Katze von fetten Beutelratten (...)**imas zu Hause? Hä, ist er nicht mit euch raus?**, zwei dürre Füße nebeneinander auf dem Nähmaschinenpedal.

Schlich sich hinaus:

mit den Füßen im stinkenden Moder am Rio Pomba, Geschwüre von Stichen, Rinnsale aus Pisse und Kacke, am anderen Ufer wächst Sumpfgras, ein Büschel, die Strudel;

blau gleiten Rabengeier, beobachtet er auf dem Rücken im Gras auf der Böschung, Wolken verbergen sich hinter dem Wald, Grashalm zwischen den Zähnen, Stille;

Hostiengeschmack klebt am Gaumen;

Zwielicht in der Truhe, **Wo steckt dieses Kind bloß, verdammt?**

die Kreide in der Hand der Lehrerin kreischt über die Schiefertafel, **be-a ba, be-e be, be-i bi**

klammert sich an die Äste von Mangobäumen, unter ihm Blätter und Steine,

der Kessel schwappt Richtung Zuckerfabrik, **Halt ordentlich fest, Junge!, sonst vermischt sich das alles, der arme Herr**

Tot.

Unsichtbar zu sein wünschte er sich, trotz seiner blauen Augen.

Tot.

: wie ein Filmschauspieler, ein Schwarzweißfoto auf dem Nachttisch am Kopfende von Nellys Bett.

ABFAHRT

Dramatisch wendet sie das Gesicht ab, noch einmal, will sich das gar nicht vorstellen. Ach je!, der Mann, der Sohn, Gott beschütze sie, hinter der Scheibe im Sitz, das Schummerlicht der abgenutzten Haltebuchten, São Paulo, ist doch soooo weiiit **Pass gut auf ihn auf, hörst du!**, rempeln treten umarmen spucken rufen begrüßen suchen, **Mach mal das Fenster auf!**, fragende Augenbrauen, rechte Hand zieht einen imaginären Griff, Schwielen schieben ein zwei drei vier *Klemmt* geben verlegen auf, sie zuckt mit den Schultern, *Ach Mensch!* der Fahrer befeuchtet die Spitzen von Zeigefinger und Daumen, zählt noch einmal alle Fahrscheine durch, **Viele Grüße an alle!**, steigt ein, setzt sich, lässt den Motor an, **Wenn ihm schlecht wird, gib ihm Zitrone zu riechen!**, dreht am Rückspiegel, **Pass auf, lass ihn nicht aus den Augen!**, legt den Rückwärtsgang ein, **Wiedersehen! Tschüss! Gute Reise! Gute Fahrt!**, winkende Hände, Kinder rennen, ein Hund, ein Betrunkener auf dem Bürgersteig, der Fernseher hypnotisiert die Spelunke. Halbe Stunde, kurz aussteigen, Leopoldina, vergleichen, **Verspätung**, brummt ausdruckslos der Fahrkartenverkäufer, der Vater steckt sich eine Continental ohne Filter an, **Warte mal, komme gleich wieder!**, geht über die Straße, Zigarettenglut über dem einsamen, dunklen Platz. **Nichts?**, kommt zurück, reibt sich die Hände, **Kalt, was!**, nervös ist er wieder weg. Dann kommt schon der Bus: Alegre – São Paulo, **Du liebe Zeit!**, Hals gereckt, suchend, an der Tür drängeln sich Passagiere, **Geht der nach São Paulo?**, rempeln treten umarmen spucken rufen suchen, **Wo ist Papa?**, das Herz atemlos, weiche Knie, Koffer Taschen Bündel Kisten Säcke Gebinde Tüten gestopft im Gepäckraum, **Wo?**, der Vater hektisch, **Hier!, für dich**, gibt ihm ein Päckchen Maiskringel, schnappt sich die Wildlederjacke.

Die Reise beginnt:

(Seit Jahren geprobt, **Jânua, es wird höchste Zeit, dass wir Juca besuchen!,** aber immer kam was dazwischen
die Überschwemmungen Jahr für Jahr
der Große musste den Blinddarm herausbekommen
die Schulsachen pfeifen auf dem letzten Loch
der Jüngste hat faule Zähne
die Fahrradgabel ist gebrochen, konnte eine gebrauchte bekommen
die Schwägerin aus Ubá hat es nicht leicht
das Mädchen, wir müssen ein Fest geben zu ihrem Fünfzehnten
ein Wolkenbruch hat das Dach abgedeckt, alle Möbel sind schimmelig
die Cousine in Astolfo Dutra hat ein Kind gekriegt und weiß nicht wohin

Jânua, es wird höchste Zeit, dass wir Juca besuchen!

Die Fingernägel bis auf die Knochen herunter, wenn sie Furchen mit triefendem Reis unterpflügten, der Bruder treibt den Ochsen an, und er, etwas kräftiger, schiebt mit dem Pflug über die Senke irgendwo nirgendwo nach den Gomes in Rodeiro raus, bis zu den Knien im Schlamm, sogar die Haare voll Erde. *Mahlzeit!*, Luzia erschien oben am Hang, Kessel in jeder Hand und im Rucksack für den Kaffee Gläser,

Mittag!, Ausruhen und Reis mit Bohnen Polenta Gemüse ein bisschen Fleisch, und der Morgen putzte sich heraus in den tiefgrünen Wäldern Wolken weiß Himmel blau, der kleine Bach schhhhhhh, das Gesumm der Moskitos, das Kilo im kühlen Schatten unter einem Bäumchen, die Welt hörte auf zu sein.

— Kannst du dich erinnern, Juca, damals? Wir kamen vom Tanzen vom Land, viele Leute, wir, die von Beppo Finetto, von Senhor Giacinto Bicio, Spinellis!, da kam dieses riesige Schwein übern Weg, man konnte es gut erkennen, weil die Nacht hell wie Tag war, mit Ketten, die es hinter sich her zog, was für ein Schreck, die Frauen haben alle geschrien vor Entsetzen, wir hinter dem Vieh her, den Abhang hinunter, durch einen kleinen Sumpf, und dann haben wir das Vieh eingekreist bei den Spinellis am Gatter. Das Drecksvieh hat sich auf die Hinterpfoten gestellt und war bald mehr als zwei Meter groß, blutunterlaufene Augen und Zähne wie ein tollwütiger Hund, da haben wir die Beine in die Hand genommen, weißt du noch?, waren noch vor allen anderen da, über Zäune, Stock und Stein, haben uns an Strünken und Zweigen Hemd und Hose aufgerissen, die Beine zerkratzt und die Arme. Und der Gestank erst! Wir mussten all unsere Sachen ins Feuer schmeißen!

Jânua, es wird höchste Zeit, dass wir Juca besuchen!

Zu Vaters Beerdigung war er alleine da, eine Woche frei, ist aber auch schon zehn Jahre her …

— Nenego ist immer noch auf diesem zerklüfteten Stückchen Land in Bagagem, nebenan von den Prettis. Aber ein Trauerspiel … Er, Almerinda und noch ein Nesthäkchen, den kennst du nicht, das ist später geboren … die anderen sind in Ubá, schaffen da in der Möbelfabrik … kein Ackerbau mehr … nur noch paar magere Kühe … Kann einem leidtun … Molassegras, laufen frei herum …

— Luzia, ihr Mann, dieser Wirrkopf Jeremias Furlaneto, betreibt eine Eisdiele in Rodeiro … Nicht viel los da … Ganz schön zu strampeln … Na ja … mit den vielen Kindern auch …

— Silvinha, der geht es gut da in Rio de Janeiro … Jedes Jahr zwischen den Jahren besucht sie uns, eine Aufmerksamkeit für die Frau, irgendein Firlefanz für das Mädchen, paar Kleinigkeiten für die Jungs … Sogar mir bringt sie immer was mit ... Kaum zu glauben ... Silvinha ... komisch, dass sie nicht heiraten will, Kinder haben ... warum nicht, habe ich nie verstanden ...

Jânua, es wird höchste Zeit, dass wir Juca zu besuchen!

— Ich? Juca, du kennst mich ... ich hab' ja nicht viel. Reich werden hat sich für mich nie ergeben. Von der Hand in den Mund und von Gottes Gnaden. Jânua macht noch immer ihr Salzgebäck zum Verkaufen ... Sparsam, geduldig, nicht kleinzukriegen ... Eine Heilige! Und die Jungs ... der Älteste hat beim Senai-Bildungswerk eine Ausbildung zum Betriebsschlosser gemacht, arbeitet bei Industrial, Zukunft hat das, sagt er, geht mit einem Mädchen aus guter Familie ... Was will man als Vater mehr? Der Aguinaldo hat Führerschein, mit den Autos da hat er es, das scheint seine Bestimmung zu sein. Die Julia, die ist so, ein Dickkopf, schnell eingeschnappt, trägt die Nase hoch, Flausen der Jugend, will immer dem eigenen Kopf nach ... Das Leben wird es schon richten ... Der Kleine, Luís Augusto, der steckt mit dem Kopf in den Wolken ... ist fleißig in der Schule, macht keine Scherereien, ist manchmal faul, drückt sich ... Müsste mal einer die Zügel anziehen ... Ich? Juca, du kennst mich ... Ich bleibe, wie ich bin ... mit dem Kopf durch die Wand ...)

SÃO PAULO
3. JULI, SAMSTAG

Ein rundes Gesicht lugte durchs Fenster, die Äuglein zusammengekniffen, **Gelobt sei der Herr Jesus Christus!**, kam raus, einen gedrungenen, dicken Leib balancierend, gekrönt von ein paar struppigen grauen Haaren, zu einem Knoten gebunden, ein weiß gepunktetes, langes Kleid bedeckt Arme und Beine, **Gelobt sei der Herr Jesus Christus!**, das Vorhängeschloss aufgeschlossen, die Kette, drei Mal ums Gitter gewickelt, abgemacht, **Dass ihr tatsächlich gekommen seid! Nicht leicht zu finden, nicht wahr?**, sie umarmte ihn, Tränen in den Augen, **Gott, ich kann es noch gar nicht fassen!**, auf kranken Füßen voran, **Als euer Brief kam, konnten wir es nicht fassen ... Ist das Luís Augusto? Ist der groß geworden! Gott segne dich,**

Junge! Nelly hat mich schon vorgewarnt ... als ich ihn das letzte Mal gesehen habe ... so winzig noch ... Du liebe Zeit, lass uns reingehen, immer nur reinspaziert ... Und selbst? Frierst du, Junge? Ich kann es noch gar nicht fassen!, den schmalen Gang entlang, rechts eine riesige, verputzte Mauer, links drei Türen, drei Fenster, drei auf drei Meter, dahinter die Mauer. Darüber noch eine Wohnung mit eigenem Eingang.

Im Wohnzimmer, feucht, winzig, an der Wand eine Rotbauchdrossel im Käfig, liegt auf dem Sofa der Alte, zieht unter der Wolldecke seine magere, faltige Hand voller Altersflecken hervor, lässt sie zitternd schweben, **Gevatter Raul!**, mühsam kommt seine Stimme hervorgekratzt, **Gevatter Raul** hallt es im zahnlosen Mund nach, **Wie lang ist das her, Olegário!, Und Luís Augusto ... Lass dich segnen, Junge!, Raul, schau nur, was aus mir geworden ist**, jammert er, **Dabei geht es ihm jetzt sogar gut, Gott sei Dank, wenn du wüsstest, was wir durchgemacht haben ...**, sagt die alte Frau, **gut, von wegen, Gevatter Raul, dass ich nicht lache ... nicht einmal pinkeln kann ich alleine ... nicht kacken ... Herrje, Mann, drück dich nicht so aus!** Eisiger Wind kneift in die Ohren, **Willst du was essen?**, fragt sie und schleppt sich in die Küche. An der Tür kratzt der Pudel, winselt, ausgesperrt hinters Haus mit den Mücken und seinem Gestank. **Still, Pitoco!** Die funzelnden Glühbirnen überziehen die Freude des Morgens mit Grauschleier.

Sie zieht den roten Resopaltisch heran, setzt den Jungen auf einen Hocker, den Rücken zur Wand, stellt ihm eine Emailletasse mit lauwarmem Kaffee mit Milch hin, Brot mit Margarine, **Iss nur, mein Junge, iss.** Der Vater im Türrahmen, Kaffeetasse in der rechten Hand, die linke bequem in der Hosentasche, pustet, nippt. **Ein Elend**, flüstert sie, **sogar auf die Toilette muss ich ihm helfen ... Ein Drama!** noch einmal und schluckt den Kaffee, **Was kann man sich Schlimmeres vorstellen?**, das ganze Zimmer ausfüllend aufs Spülbecken abgestützt. Die Wohnung stinkt: Medizin, Exkremente, Urin. **Wie viele Jahre schon, wie lange schon eigentlich! Zwei Schlaganfälle, stell dir mal vor! Zwei!** War ein gesunder Mann, fleißig ... **Das Mädchen schläft heute noch in dem Bett, das er ihr mit dem Taschenmesser geschnitzt hat, erinnerst du dich? Und ob ich mich erinnere! Wie könnte ich so was vergessen? Was**

mir heute noch Halt gibt, ist die Kirche, ich bin Adventistin geworden, du weißt. Er nicht: hat sich von der Religion losgesagt, reine Dickköpfigkeit. Heult, lästert Gott, aber was soll ich machen, ich frage, was soll ich denn machen? Das Leben ist eine Prüfung ... Genug, Junge? Willst du noch was? Was? Nein? Rauchen?! Hast du immer noch nicht damit aufgehört? Das gefällt Gott nicht, weißt du, man muss dagegen ankämpfen. Draußen kannst du, vor der Tür im Durchgang ... Pitoco, aus! He. Schade, dass es hier so beengt ist, sonst könnten hier alle ... kann es aber leider nicht anbieten, sieht man ja ... geht nicht ... wie eine Streichholzschachtel ... Aber nein, ich muss wirklich zu Juca, meinem Bruder, kannst du dir vorstellen, wie lange ich ihn nicht gesehen habe? Gut und gerne zehn Jahre, bestimmt! Aber der Junge bleibt doch, oder? Der Junge bleibt ... Gut, dass er mal nach São Paulo kommt ... gut für ihn ... Wird es eines Tages gebrauchen können ... man weiß ja nie ... Jedenfalls kann man sich nicht für immer in Cataguases einigeln ... muss sich auf den Weg machen, die Welt sehen ... Ach, könnte ich! Aber leider, der arme Kerl hier ... Wir hatten ja keine Ahnung, wie sehr

*****

Nelly mit Brille, Kaffeebecher, am Tisch, faltet die Zeitung zusammen.

— Der Junge, Nelly!

Die Patin ganz außer Atem, verschwitzt, schiebt den Bub in den Rauch, der durch die halb offene Tür in den Arbeitsbereich hinter der Küche zieht.

— Guto?!

Die Augen gesenkt zu der Frau:

— Dona Nelly, Grüße von meiner Mutter ...

— Herrje, fast schon ein junger Mann!

Und mit einem Zug an der Zigarette: »Die Reise? Ist dir schlecht geworden? Jânua hat mir mal erzählt, dass dein Magen nicht mitmacht ... Wie bitte? Nein? Habt ihr die richtige Metro genommen? Hatte dein Vater Angst? Wo ist er eigentlich? Schon weg? Wo wohnt denn dein Onkel?«

Die Alte streicht mit den Fingerspitzen über die Fliesen:

»Nelly, du musst Indiara sagen, sie soll die Küche besser putzen ... Die ganze Wand fettig! Schau!«

— São Bernardo, glaube ich ...

— Waren hier beide, mit ihm. Kommt am Donnerstag wieder.

Nelly in seidenen cremefarbenen Morgenrock, Plüsch an Kragen und Bündchen:

— Setz dich doch, Guto, im Wohnzimmer, wenn du willst, mach ruhig den Fernseher an. Ich gehe mich nur rasch duschen, muss auch gleich weg ... arbeiten ... Fühl dich wie zu Hause. Natália schläft noch,

— Heute, aber erst gegen drei ...

— aber Nílson steht gleich auf. Ihr werdet euch gut verstehen ... Er ist ein sehr

— aussichtslos ist es mit ihm!

— netter Junge ... Mutter!

— Ich will mich dann mal um das Essen kümmern. Wo isst der Junge?

— Wo er Lust hat, Mutter, wo er will!

Guto verschwand auf den Treppenabsatz. Tief verhüllt stieg der Morgen grau über die Rua das Monções. Dahinter türmten sich schmuddelige rote Dächer. Fern das Nadelkissen der Hochhäuser. Häuser und Gebäude und Busse. Dunkel drückte eine Wolke schwer auf den Horizont. Auf dem Handlauf des Mäuerchens schwarze Rußkrusten. Die Veilchen, verblüht, in Margarinetöpfe gepflanzt, vertrockneten vor sich hin. Kalte Hände, die abgetragene Jacke half nicht gegen die Kälte, die ihn schaudern ließ. Schon nach zehn Uhr und er hatte Angst.

*****

Er gab sich neugierig – wohl eher verwundert als neugierig. Der Junge ihm gegenüber, angeblich fünfzehn, das Gesicht von aufbrechenden Pickeln und Mitessern gezeichnet, unansehnlich, unförmig, schüchtern, schwach, nicht richtig arm gekleidet, immerhin sauber und ordentlich, sauber, aber total aus der Zeit, einer anderen Umgebung. Seine Haut eiferte bleich dem verwaschenen Jersey-Hemd nach, die grüne Jacke, zu groß für die schmalen Schultern, hing über der Hose aus Tergal (*Tergal!*)

von undefinierbarer Farbe, Turnschuhe in traurigem Zustand. **Luís Augusto, mein Patenkind**, sagte die Großmutter und deutete mit dem Schaumlöffel auf ihn, den sie dann gleich wieder zurück in das siedende Öl steckte. Nilson, Gesichtsausdruck wie »Das glaube ich nicht!«, lange, gelockte Haare, über den Lippen Flaum, blaue Turnhosen, weißes Achselhemd, barfuß, dachte, es könnte nicht schaden und fragte direkt **Und? Cousin? Gefällt dir São Paulo?** und schob sich zwei Pommes mit der Hand in den Mund. **Hör auf damit!**, schimpfte die Alte, **Das gehört sich nicht!**

— Kann er nicht sprechen, der Cousin, Oma?

— Warum setzt du dich nicht hin und isst mit ihm zu Mittag?

— Ich bin gerade erst aufgewacht, Oma ... Ich geh dann mal hoch ... Musik hören ... Wenn du Lust hast ... Ach was ... der sagt eh nix.

Ein Blitz sollte in seine Schulter einschlagen, wünschte sich Guto, ein Krater sich unter seinen Füßen auftun, wie nachts im schummerigen Dunkel seines Zimmers die raue Stimme des Pastors aus den Lautsprechern in der Halle der Pfingstkirchler nebenan drohte. Was wollte er hier unter Fremden, die ihn erniedrigten, auf ihn herabsahen? Die alte Patin mit ihren winzigen Äuglein versuchte ja noch, freundlich zu ihm zu sein, vielleicht weil sie sich, ebenso fremd, einfühlen konnte, oder weil er für sie ihre in nach Naphtalin riechende Schubladen geräumte Vergangenheit wachrief ... Ihr Mann aber zeigte ganz offen, dass er mit nichts etwas anfangen konnte, alles ablehnte, was sich bewegte: hustete hingebungsvoll, rotzte, obwohl es den Napf gab, auf den Fußboden; brüllte und schimpfte und kommandierte; pisste sich den Pyjama voll und die Matratze, um gegen den widerwärtigen Geruch aufzubegehren; schleuderte Tasse und Teller aus Zinn an die Wand; heulte, strampelte, fluchte; weigerte sich, Medikamente zu nehmen in jeglicher Form – Kapseln, Tabletten, Dragées, Sirup, Saft, Lösungen, Spritzen, Inhalation. Und Tante Nelly so aufgedonnert ... Und dieser Nílson nur spöttisch, sarkastisch, nannte ihn auch noch »Cousin« ... Und Natália ...

Das Siebenzwergehaus, enger als ihres in Beira-Rio, machte ihn, dunkel und stickig, beklommen. Aus dem klebrigen

Dampf aus den Töpfen, in denen Bohnen und Reis köchelten, sagte die Patin Namen, die ihm nichts sagten, als kratzte sie von einem Schüsselboden Erinnerungen, die ihr durch die gichtigen Finger entglitten waren, **Die ... wie hieß die noch ... einen Sohn hatte sie ... der ... mein Kopf!, ein Junge, der hat ein sehr hübsches Mädchen geheiratet ... die da in diesem Viertel wohnte ... da rüber nach ... Matadouro ...** Und klopfte Fleisch, dass der verhätschelte, übergewichtige Pudel nervös wurde. **Als ich jung war ...** Drapierte dann alles auf einem Colorex-Teller in Bernsteinfarbe auf das karierte Tischtuch, unter dem sich rot der Resopaltisch verbarg, sagte, sie sollten sich setzen und essen, während sie, mit geschwollenen Beinen in dicken Wollsocken schlurfend ihrem Mann eine merkwürdig aussehende und ebenso riechende Brühe ins Zimmer trug. Er versuchte, das Drängen der Alten zu überhören – **Iss noch ein bisschen was, ein bisschen noch, Schmeckt es dir nicht?** –, die ihn anschließend drängte, nach oben zu gehen, um sich mit Nílson zu unterhalten.

Sie kletterte langsam die Treppe hoch, schob ihn durch den Flur, klopfte an der Tür und drückte ihn in den Lärm *All together / Fly to the sky / Fly to the rainbow / Fly, people, fly* und in die Unordnung im Zimmer ihres Enkels, Luís Augusto!, brüllte sie. Nílson lag auf dem Boden auf einem abgetretenen Teppich, hob kurz den Kopf, **Komm rüber, Cousin!** *Fly, people, fly / Fly, people, fly.* Poster an den Wänden,

aus dem Cockpit des Brabham reckt José Carlos Pace die Faust nach dem Sieg in der Formel 1 beim Grand Prix von Brasilien;

São Paulo FC, Landesmeister 1975: Valdir Peres, Nélson, Samuel, Paranhos, Gilberto, Chicão, Murici, Zé Carlos, Pedro Rocha, Terto, Serginho;

Miss Brasilien, Marisa Sommers nackt;

die brasilianische Nationalmannschaft 1974 – stehend: ZéMaria, Leão, Marinho Peres, Luís Pereira, Marinho Chagas, Carpegiani; in der Hocke: Valdomiro, Paulo César, Jairzinho, Rivelino und Dirceu;

DEEP PURPLE – MACHINE HEAD;

Fiat 124, 1971, Sechszylinder, Cabriolet, fünf Gänge;

Betty Saddy nackt;

Ford Maverick, Limousine 1974, grün mit weißem Dach;

Ein Spiegel mit Rokoko-Rahmen, darauf rot mit Lippenstift **SABOTAGE: BLACK SABBATH**.

Auf dem Nachtschränkchen eine Tischlampe ohne Schirm, eine aufgeschlagene Zeitschrift **veja** (Interview mit Carlos Castañeda), ein paar Hefte ***PLACAR***.

— Hörst du The Who, Cousin?

*****

Ohne dass es ihnen aufgefallen war, hatte der Nachmittag das wenige Licht, das noch übrig war, eingesammelt und das Zimmer in Dunkelheit getaucht. **Hauen wir uns was in den Magen, Cousin?**, fragte Nilson und traf mit der Nadel des Plattenspielers genau Dream on von Aerosmith, Steven Tylers Gesang hallte zwischen zwischen Bett und Kleiderschrank. Aus dem Wohnzimmer **Endlich! Ich dachte schon, du lässt Guto nie mehr gehen!** Natália vom Sofa sarkastisch, wo sie *ihrem Freund?* Pickel ausdrückte, den Kopf auf dem Schoß seiner Lee-Hose. **Hi Guto, das ist Wil**. Der, vielleicht neunzehn, zwanzig, ungekämmtes, längeres, schwarzes Haar, grüßte gelangweilt mit Zeige- und Mittelfinger in Form eines V. **Hi!**

— Hi Wil, der Typ ist okay! Mein Cousin ... Kannst auch Cousin zu ihm sagen, kann er doch, oder, Cousin? Siehst du?

Natálias frechblauer Blick suchte noch Gutos Augen, doch der hatte sie hilflos verlegen schon niedergeschlagen, als forschten sie auf dem Boden im Staub herum. Zwei winzige, zickige Brüste hatte sie mittlerweile, doch ihre blitzweißen gierigen Zähne waren so bissig wie früher.

— Bleibst du länger, Cousin?

— Wil, der ist doch gerade erst angekommen ...

— Bis Donnerstag ... Abend ...

— Nur?, fragte Natália verwundert.

Nilson ging zu ihm, ein Teller mit Aufgewärmtem, ein Liter Cola, Wie steht's? **Willst du auch?**

— Was ist das?, fragte Wil.

— Alles Mögliche.

— Bäh!, ekelte sich Natália.

— Alles Mögliche was?

— Alles Mögliche, Wil ... Nílson ist eine Sau ... Der frisst alles, was im Kühlschrank ist, schmeißt alles zusammen in einen Topf, haut ein Ei rein, rührt alles zusammen ... und frisst ...

Nilson machte den Fernseher an und eine flackernde Helligkeit bombardierte die Sachen in dem frei im Raum stehenden Regal. **Gehst du nachher noch raus, Natália?**

— Geh'n nachher tanzen bei Palmeiras ... Wil ist mit dem Auto da ... Kommst du mit, Guto?

— Nein ... ich tanz nicht so gern ...

— Heavy Metal wahrscheinlich sowieso nicht, ergänzte Nílson.

— Er mag wahrscheinlich »Immer wenn ich unterwegs bin / Auf dem Weg nach Ouro Fino ...« äffte Wil einen Schlager nach.

Sie lachten.

Guto wollte nur weg, und sein störrisches Schweigen verstörte auch sie.

— Dann gehe ich mich mal zurechtmachen, sagte Natália.

— Ich bin schon zurechtgemacht, grinste Wil und fuhr sich mit der Hand durchs Haar und zerknautschte sein Hemd.

— Nur kurz ...

— Jag deinem Cousin keinen Schreck ein, Nilson!

Wieder kicherten sie.

Wil streckte sich auf dem Sofa aus, ließ sich vom Fernseher berieseln.

Nilson kratzte den Teller aus, trank noch ein Glas Coca-Cola und rülpste.

Guto stand immer noch da, schloss seine Augen und wollte nur unter der Bettdecke in seinem Zimmer sein, in Cataguases, außerhalb des Sonnensystems ...

*****

Natália und Wil gingen *neun Uhr?,* Nilson gleich nach ihnen.

Hatte noch eine flauschige blaue Decke herangeschleppt, die nach Schrank roch, sie auf das Sofa gekippt, **Kannst dich hier breitmachen, Cousin ... Mach ruhig den Fernseher an, wenn du Bock hast ...** und war eilig die Treppe hinuntergegangen.

Der Schlaf wollte nicht kommen.

Er hatte heiß geduscht, einen Schreck bekommen, weil es aus der Dusche nach verschmortem Stromkabel roch, sich an dem kalten Luftzug gestört, der durchs offene Klappfenster am Plastikvorhang zog.

Dichter Nebel legte sich trüb über São Paulo und verlangsamte seine Gedanken.

— hartnäckig wimmerte der Pudel der Patentante unter Schimpfen und zärtlicher Ungeduld

wie groß der Junge geworden ist!

— ein Radio plärrte religiöse Verwünschungen

nicht einmal alleine kacken ... nicht einmal

— Gespräche in einem Fernseher weit weg

bin jetzt bei den Adventisten

— Im Bad tropft der Wasserhahn

gefällt dir São

— Auto, noch ein Auto

wie steht's, Cousin?

— Brummeln Flüstern Murmeln Zischen

die reise? in meiner jugendzeit schlecht geht lass ihn natália, gehst du noch raus? wie, cousin? cool! stehst du auf der bub hat

SONNTAG, 4. JULI

Der Morgen verdaut satt und langsam die Stunden. Vom Sofa aus, unter der blauen Decke, horcht Guto ins Haus: Im Bad tropft es ein Tropfen nach dem anderen ins gelbliche Waschbecken, Haare, getrocknete Zahnpasta; aus der Küche hysterisches Krampfen des Kühlschranks; vom Boden her keimen entfernt Strähnen von Volksmusikschnulzen, gedämpftes Jammern, ein Hund, ein Kind hustet hustet und hustet, es brummt, flüstert, murmelt, zischt. Gerade ist die Patin raus – die Kette schlängelte sich sechs Mal durch das Gitter des Eisentors –, sie entfernt sich mit rheumatischen Schritten über den leeren Bürgersteig. Zuvor, um die tote Stunde im Morgengrauen, in der Helligkeit mehr versteckt als beleuchtet, war Nílson gekommen: von der Straße die Treppe hoch gleich in sein Zimmer gestapft; dann die Tür zugeknallt. Davor hatte Natália ihn – ganz vergessen – geweckt: Licht im Wohnzimmer angemacht, als sie ihn bemerkte, verlegen wieder ausgeschaltet. War dann die Wand im Flur entlangtastend ins Zimmer gegangen, hatte die Lampe am Kopfende angemacht, ihre Tasche aufs Bett geschmissen. Lange im Bad die Zähne geputzt, sich gekämmt. Fremd war der Schlaf noch herumgeschwebt in der eisigen, ungemütlichen Nacht, war dann reumütig in der sich ständig bewegenden Stille gestrandet. Er wollte fernsehen, vielleicht, hatte sich dann aber gefürchtet zu stören. Dann hatte er sich erlaubt, vorsichtig durch die Wohnung zu stöbern, so lange, bis er – verstaubt auf dem Telefonbuch – ein Buch fand, gebunden, mit Abbildungen zwischen den Seiten, *Die letzten Tage von Pompeji* von Lord Bulwer Lytton. Das schleppte er mit in die Ecke, und als er es aufschlug, drang plötzlich die Hitze des frühen 24. August 79 ins Zimmer und wärmte den anderen Morgen, nur tausendneunhundert Jahre weiter. Der Morgen verging, und das Buch war zu mehr als zur Hälfte gelesen.

*****

Aus dem Zwielicht weckte ihn Nelly auf, **Schläfst du noch?**

— Neiiin ...

— Habe ich dich erschreckt?

Im weißen Kittel riss sie die Gardine am Fenster auf, zeigte dem grauen Nachmittag all die staubigen Ecken im Wohnzimmer.

— Ich habe Sie nur nicht kommen sehen ...

— Ich bin hinten rein, durch die Küche ... Wenn ich vom Krankenhaus komme, schaue ich immer noch mal hier vorbei, um zu sehen, wie es Vater geht ... Du liest gern? Dann schau mal ...

Und los ging sie, den Flur mit ihrem süßlichen Duft tränkend.

Drehte am Türgriff, schob ihn vorbei, **Geh ruhig rein, geh ruhig rein,** und aus dem Dämmer im Zigarettengeruch löste sich langsam ein Zimmer: ein Doppelbett in einem orangenen Überwurf; auf einem Hocker vor dem Frisiertisch zusammengefaltet eine dicke, braune Wolldecke; auf der Ablage und noch einmal genauso im Spiegel Parfüm und Flakons mit Kölnischwasser, drei Bilderrahmen, rechts, links – Natália beim Debütantinnenball, Nílson mit Sonnenbrille in Santos am Strand –, in der Mitte, Nelly mit ihren Kindern, als sie noch klein waren; ein Schmuckkästchen; eine Nagelfeile; ein Aschenbecher; auf dem Nachttisch das Foto, schwarzweiß, tadellos schwarzer Anzug, die Haare mit Brillantine zurückgekämmt: Dimas. **Schau**, zeigte sie mit weit ausholender Bewegung das kleine Regal **Barsa, das Lexikon, haben sie nie aufgemacht, habe es mitgebracht, manchmal schaue ich rein, tut mir gut, hilft beim Einschlafen. Und »Seleções« habe ich abonniert, das heißt, mein Verstorbener, aber die Kinder haben sich nie dafür interessiert, habe es dann gekündigt, denke manchmal, ich sollte es wegschmeißen, aber zu schade, dann bleiben sie wieder, irgendwann schmeiße ich doch, was weiß ich, alles weg.** Suchte im Kleiderschrank, Naphtalingeruch, und zog unter den zusammengedrängten Kleiderbügeln eine Kiste mit Intarsien im Deckel heraus, lachte **Hier versteck' ich den Schnaps** und öffnete das Vorhängeschloss.

— Möchtest du?

Flüssigkeiten in allen möglichen Farben – **Martini, Whisky, São Rafael, Campari, Cognac ...** – ordentlich nebeneinander.

— Trinkst du nicht?

Drückte ihm einen kleinen Eimer in die Hand und befahl: »Mach mal Eis für mich rein, mein Lieber«, die Zähne groß, makellos.

Mein Lieber ... Völlig haltlos der Herzschlag, wie oft hatte er sich vorgestellt ... Fortschrittlich, modern, in Cataguases flüsterte man ... malte sich aus ... Krankenschwester, verwitwet, ungebunden, lange Hosen, Zigarette – Frauen, die in der Öffentlichkeit rauchen, so etwas ... – Impfnarbe am Oberarm – ist doch kein Mädchen mehr, hat zwei Kinder! – offenherzig, Respekt kennt die auch nicht mehr! Und gab ihre Meinung zu allem, diskutierte sogar mit den Männern von Gleich zu Gleich, egal ob über Politik – ließ kein gutes Haar an den Pratas! – oder Fußball – war glühende Anhängerin von São Paulo, weniger glühend für Fluminense, von damals mit Dimas noch, der, Gott sei mir gnädig!, aus Kummer wohl ... sich das ... jetzt halt mal die ... Nicht die geringste Scheu, sich an einen Blechtisch in einer Spelunke zu setzen und Bier zu trinken, herausfordernd. Ohne Scheu, ins Gespräch einzusteigen, mit Unbekannten, erst recht, um einen, der über die Stränge schlägt, laut und grob in die Schranken zu weisen. Kein Umgang, brummelten Männer wie Frauen – die einen verlogen, die anderen voller Neid. Selbst frühere Freundinnen machten sich selten, böse und feig. Um der üblen Nachrede aus dem Weg zu gehen, den Gerüchten, den üblen Verleumdungen, die auch Natália und Nilson mitbekamen, fuhr sie immer seltener hin.

Das Glas in der linken Hand, streicht sie ihm mit der rechten durchs Haar, **Du hast die Augen von Jânua, du ...**

— Und verkauft sie noch immer ihr Salzgebackenes auf der Straße? Ach, ihre Pasteten! ... Und die Rissoles?! Du liebe Zeit! Und Vantuir? Bei Industrial? Und Lalado? Kraftfahrer!? Wie großartig! Júlia hat einen Freund? Und du? Nein? Natália ist hübsch geworden, findest du nicht? Ich hätte so gern, dass sie einen Freund hätte, der geradeaus denkt! ... Jemanden, der ihr einen Halt gibt, eine Sicherheit ... Eine Frau schließlich ... in der heutigen Zeit ... Ich weiß genau, wie man zu leiden hat, wenn man seinen eigenen Kopf hat ... wenn man selbst denken will ...

Lehnte sich rückwärts ans Kopfteil, die Beine ausgestreckt auf der Matratze, **Und was erzählt man sich so über mich?**, Guto verlegen, **Erzähl ruhig, du kannst es mir sagen, für sie tauge ich nichts, ist doch so? Viel Gerede ... Sogar ... Ach, das ist mir längst egal ... Also erzähl schon, und du? Was machst du so?**

Stocksteif, verlegen, die Augen starr auf den Webteppich, sehnte sich Guto nach anderen Nachmittagen

(die grüne Seide des Lenkdrachens schneidet erhaben durch die blaue Seide des Himmels

die fast neuen Turnschuhe furchen durch schütteren Rasen auf dem Bolzplatz von Beira-Rio

gierige Hände stellen Knopffußball zu unbesiegbaren Mannschaften auf verschwitzte Trikots dribbeln umeinander in endlosem Fangenspiel)

— Ich?

Sonntagfrühmorgen streckte sich in der Sonne, er schnappte sich das Monark-Fahrrad von Vantuir und radelte zum Kiosk von Pantaleone, **Jornal do Brasil** kaufen und *Correio da Cidade*, klemmte sie auf dem Gepäckträger fest. Mit Vater wurde es immer schlimmer, So eine Verschwendung!, immer an Buchstaben klebend, Zeitverschwendung!, brummte er.

Vantuir, frisch rasiert, in Bermudashorts, T-Shirt und Franziskanersandalen, lümmelte auf der Küchentreppe zum kleinen Hinterhof mit Zementboden raus herum, Thermosflasche, eine Packung Minister, Streichhölzer, kommentierte die Nachrichten für die Mutter, die emsig das Mittagessen bereitete. Guto postierte sich vier Stufen drunter mit Blick auf den launigen Rio Pomba, und kaum dass der Bruder die Zeitungen ablegte, fing er an, unwissend, gierig darin zu blättern.

— Buchhaltung, abends ... Tagsüber trage ich für die Mutter aus ...

— Schön!

— Vater will nicht, dass ich für die Pratas arbeite ...

— Ganz richtig, der Raul! Weißt du, warum ich da weg bin? Um von diesen Leuten da wegzukommen ... von diesem Geiz ... Cataguases hat keinerlei Perspektive ... Du auch nicht. Wenn du es im Leben zu etwas bringen willst, musst du gehen, eines Tages ... Wäre ich da geblieben ...

Da kam Natália plötzlich herein.

— Hallo Tochter! Auch schon wach?

— Was macht ihr?

— Wir unterhalten uns.

— Hinter verschlossener Tür?

— Ich wollte euch nicht stören ...

— Du trinkst schon, um diese Zeit, Mutter?

— Nur ein ganz kleiner Whisky ... um den Appetit anzuregen ... Warst du tanzen?

— Guto, lass uns ins Wohnzimmer gehen!

— Vorsicht vor diesem Mädchen, Guto ... Sie ist sehr herrisch ...

— Das ist nicht gar nicht witzig, Mama! Was gibt es zum Mittagessen?

— Nudeln mit Soße? ...

*****

Und der Sonntag – Couchtisch, Colorex-Teller in Bernsteinfarben übereinandergetürmt, Gabeln, Servietten, zwei große Flaschen Coca-Cola, Becher – verrann vor dem Fernseher. Silvio Santos.

Über die Brüstung gelehnt, zwischen den vertrockneten Veilchen, schaut er in abgetragener Jacke hinaus in den eisigen Morgen, gebannt auf das Hin und Her, Hupen die Rua das Monções runter von der Avenida do Cursino in Richtung Professor Abraão de Morais, das Zickzack der Fußgänger unter Kapuzen und Jacken. Weiter hinten die Häuser erdrosselt von einer Wolke aus Ruß. **Schon wach?**, schreckt ihn der cremefarbene Morgenrock aus Seide auf, Pelz am Kragen und an den Bündchen:

— Groß diese Stadt, was? Am Anfang macht sie einem Angst, aber dann ... Komm mit frühstücken, komm!

Das Mädchen spült ab, das im Becken gestapelte Wochenende.

— Indiara, das ist Luís Augusto, Mamas Patenkind.

Sie wischte sich ihre Hände am Trockentuch ab und streckte ihm freundlich die noch feuchte rechte entgegen **Was für ein hübscher Junge!**, was ihn verlegen machte.

— Wohnt er jetzt hier?

— Nein, Indiara, ist nur auf der Durchreise ... Ist mit seinem Vater gekommen ...

— Aber er bleibt doch bis Ende des Monats?

— Nein, nur bis Donnerstag ...

— Schade ... Ich hätte ihn mir gern mal ausgeliehen, zum Spazierengehen ... Kennst du den Zoo? Nein? Das würde dir sicher gefallen!

— Mach dir nichts aus Indiara, Guto, sie ist immer so ...

— Ich? Na, dann habe ich wohl kein Glück ... Warum fragst du nicht Natália, ob sie mit dir hingeht? Sie hat doch Ferien ...

Dann setzten sie sich an den kleinen gelben Resopaltisch mit der durchsichtigen Plastiktischdecke. Nelly setzte ihre Brille auf, schmierte ungeduldig Margarine auf ein Stück Brot, biss ein Stück ab, goss Kaffee aus der Kanne in ein Wasserglas, nahm einen Schluck, steckte sich eine Shelton an, legte die Zigarette in den Aschenbecher, breitete den **Estado de S. Paulo** aus. Beklommen rührte Guto in Strudeln Kakaopulver in die Tasse mit kalter Milch.

— Siehst du, Indiara, was alles anders ist dieses Jahr bei den Wahlen?

— Tatsächlich?

— Jetzt darf man nur noch den Namen sagen, die Kandidatennummer und die Partei. Kein Geschwätz mehr, das einem sowieso nichts bringt! Besser so, oder nicht?

— Was weiß ich, Dona Nelly?! Ich will mit Politik nichts zu tun haben ... Arme Leute verbrennen sich doch nur die Finger daran ... Wer nicht arbeitet, sieht schon, was er davon hat

(Pause)

— Anderes Thema, Dona Nelly, haben Sie schon die Telenovela um sechs gesehen, O Feijão e o Sonho? So was Schönes!

— Läuft noch nicht lang, oder?

— Ja, hat erst Montag letzte Woche angefangen. Mit Cláudio Cavalcanti und Nívea Maria … so traurig …

— Ich hab keine Zeit für sowas, Indiara. Wenn mal im Krankenhaus Pause ist, schaffe ich manchmal ein paar Minuten Saramandaia …

— Das läuft doch so spät … In der Pension geht der Fernseher um zehn Uhr aus. Aber die anderen schaue ich mir alle an, um sechs Uhr, um sieben, um acht … Überhaupt, die verzwickteste ist O Casarão. Leute!

— Ich weiß nicht, Indiara, ich bin da nicht auf dem Laufenden ...

Und verschwand wieder hinter der Zeitung.

*****

Indiara war sauer, als Nílson ihr gegen Mittag eröffnete, dass er nicht essen würde – und Guto auch nicht.

— Mensch, warum hast du das nicht vorher gesagt? Ich habe schon das Fleisch aus dem Kühlschrank geholt! ...

Abwesend auf dem Sessel im Wohnzimmer hatte Guto schon wieder *Die letzten Tage von Pompeji* vor der Nase.

— Lass uns gehen, Cousin!

— Hä?

— He, Cousin! Lebst wohl komplett auf dem Mond ... Leute, die zu viel lesen, sind langweilig, weißt du? Oder schwul! Leg das weg, Mann, das nervt!

Verschämt ließ er die Zeitschrift sinken.

— Also, gehen wir?

— Wohin?

— Eine Runde drehen ... Kino ...

— Aber ... Ich habe kein Geld ...

— Ich bin doch bei dir, Mann! Wer mit Nilson Guedes unterwegs ist, ist in der Hand Gottes! Stimmt doch, oder nicht Indiara?

— Ach, lass mich in Ruhe mit deinem Zeug, Nílson! Von wegen!

*****

Sie schlenderten über vier Kreuzungen, bogen dann links ein und blieben vor einem verlassenen Haus in der Sérgio Cardoso stehen, Gutos Finger taten schon weh von der Kälte. Nílson in Schnürstiefeln, langem schwarzen Mantel, einem ebenso schwarzen Filzhut, stieß einen Pfiff aus und wartete. Dann kam als Antwort der gleiche Pfiff. **Die Luft ist rein**, flüsterte er, nach einem Blick links und rechts sprangen sie über die Mauer und schlugen sich in das Gebüsch, das die Veranda überwucherte. Sie drangen eng an der Wand entlang in einen dunklen Keller vor, aus dem aufgeregt Stimmen kamen. Als sie im Schatten der Tür Gutos schmächtige Umrisse auftauchen sahen, verspannt in seiner grünen, an den Nähten angestoßenen Jacke, Tergal-Hose von undefinierbarer Farbe, unsicher auf seinen erbärmlichen Turnschuhen, wurde es lauter

Edu – Black-Power-Haarschnitt, Militärjacke mit einem riesigen roten Herz auf dem Rücken, Boots, mit Backsteinen geglättete Lee-Jeans

Zezão – dick, schwarzer Parka, T-Shirt, Samthose, Bamba-Turnschuhe, lange Kette, an deren Ende ein Kruzifix baumelte

dürr, bartlos, rote Krawatte mit Oldtimern, bleigraues Nylonjackett, cremefarbener Pullover, Ausgehschuhe, Jimmy brüllte:

— Nílson, wer ist der Typ?!

— Keine Panik, Jungs! Der gehört zu mir ... Guto, mein Cousin ...

— Scheiße, Nílson, du hättest Bescheid sagen können!, beschwerte sich Edu.

— Komm rein, sagte Zezão schließlich.

Sie drangen in den Raum, der nach Muff und kaltem Zigarettenrauch roch.

— Ist ein bisschen abgedreht, mein Cousin, spricht nicht viel, aber okay ...

— Nílson, ich brech' zusammen. Der trägt noch Quichute an!, stellte Jimmy fest.

— Und Bürohosen!, lachte Zezão.

— Der kommt aus dem Hinterland, erklärte Nílson.

— Vom Bauernhof?, stichelte Jimmy.

— Nein ... Cataguases, murmelte Guto.

— Cata was?, fragte Jimmy nach, hämisch.

— Cataguases. Minas Gerais.

— Also doch Land, erwiderte Jimmy.

— Mein Großvater kommt auch aus Minas, gestand Zezão.

— Bei mir kommen alle von da, meine Mutter, meine Oma, mein Opa ... Sogar mein Vater, erklärte Nílson.

Das hier ist unser Keller, sagte Zezão zu Guto.

Links in der Ecke deckte ein Tischfußballbrett eine Bierkiste ab, leere Flaschen; zusammengerollt und mit Kordel zusammengebunden eine schmale Strohmatratze. Rechts in der Ecke, auf der Annoncenseite des **Diário Popular**, Pappteller, Brathähnchenteile mit Maniokmehl, ein Liter Cola, eine Flasche Cachaça Marke 3 Fazendas, eine Schachtel Belmont, Streichhölzer. Über den groben Zementboden verteilt überall Kippen, neue und alte.

ZEZÃO: Habt ihr Kohldampf?

NÍLSON: Mann, verdammt! Was für ein Bankett!

ZEZÃO: Hat Edu von zu Hause gebracht.

EDU: War vom Essen von gestern noch übrig ... Hat wieder Zoff gegeben ...

NÍLSON: Schon wieder?

JIMMY: Wie immer ...

ZEZÃO: Wegen Marcelo ...

EDU: Mein Vater hat Ärger gemacht ... Hat gesagt, dass er weiß, dass er sich mit Politik eingelassen hat ... dass es, wenn er auffliegt, nichts nützen wird, wenn er einen um Hilfe bittet, weil ihn keiner da raushauen wird ... dass er sich schämen sollte ... keiner aus unserer Familie hat je einen Fuß ins Gefängnis gesetzt ... Dann ging der Zoff los, Marcelo hat ihn geschubst ...

Mutter hat sich eingeschlossen ... Totales Durcheinander ... Das Essen hat keiner angerührt ...

JIMMY: Umso besser für uns!

ZEZÃO: Du sagst es!

*****

Also?, fragte Nílson und stand auf, satt, nachdem er die letzten Hühnerknochen noch abgenagt hatte. Nahm noch einen Schluck Cola mit Schnaps, steckte sich mit zusammengekniffenen Augen eine Zigarette an, setzte den Filzhut auf. **Ziehen wir los?** Er schien der Anführer der Gruppe zu sein – obwohl er zwar älter als Zezão war, im Mai fünfzehn geworden, aber jünger als Edu und Jimmy, die schon auf die achtzehn zugingen. Vielleicht weil er allein das Haus aufgespürt und ausgekundschaftet hatte, das nach dem Tod der Besitzer und einer endlosen Auseinandersetzung unter den Erben sich selbst überlassen worden war, folgten sie ihm treu nun schon seit sieben Monaten und mieden alles, was Streit in diesen uneinnehmbaren Unterschlupf tragen könnte.

*****

Auf ihre Unverschämtheiten, **Lumpen seid ihr!**, drohte der Kassierer im Omnibus, die Polizei zu rufen, doch der Fahrer, von den Fahrgästen getrieben, die draußen anstanden und wütend über das Durcheinander und die Verspätung schimpften, öffnete schließlich die hintere Tür an der Endhaltestelle der Linie Vila Moraes – Metro Saúde, und sie konnten ohne zu bezahlen aussteigen. Sie stolperten müde hinaus, stolz auf ihre Taten, und enteigneten, außer Guto, je eine Mandarine von einem Karren, der auf dem Gehweg stand, ohne dass der Verkäufer etwas dagegen hätte tun können **Arschlöcher!**, nur dastand, die Hände zu Fäusten geballt, den Verlust überschlagend, **Dreckschweine!**

— He Leute: Wenn es Rock ist, muss es knallen!, begann Nílton.

— Uh-ru!, surrten sie unisono und sprangen die Stufen zum Kassenhäuschen der Metro hinunter.

— Es geht ab, Mann!, freute sich Zezão und schüttelte Guto die Schultern.

An der Station Sé stiegen sie aus – Tauben balgten sich zwischen Wolken aus Hosenbeinen überall auf dem Gehweg um Reste, die reglosen Türme der alles überwachenden Kathedrale –, schlugen sich laut in die Rua Direita – eitel aufgereiht schmücken sich Läden zu einem engen Gang –

über die Praça do Patriarca – der stinkende Rauch lässt den Atem stocken

den Viaduto do Chá – über das Flussbett des Anhangabaú das chaotische Autogewimmel –,

die Rua Xavier de Toledo entlang – es liegt etwas Atavistisches in den düsteren Gesichtszügen -

und

Praça Dom José Gaspar! **Kino Metrópole!**, brüllte Jimmy.

Untergehakt tanzten sie einen Indianertanz, Kriegsritual ihrer Gruppe, vermischt mit Erinnerungen an religiöse Zeremonien des Amazonasgebiets aus der Reihe Reporter Amaral Neto und Schrittfolgen der Rothäute aus amerikanischen Westernfilmen.

Nílson sammelte das Geld ein, zählte nach, kaufte die Karten: **Led Zeppelin, Cousin, Kennst du, schon mal gehört?**

— Nein?!, wollten es gar nicht glauben.

— Nichts weiter als die größte Rockband aller Zeiten, erklärte gelangweilt Jimmy.

— Mann, Jimmy heißt so wegen Jimmy Page! Keine Ahnung, wer Jimmy Page ist?, bohrte Zezão nach, erstaunt.

— Nichts weiter als der größte Gitarrist aller Zeiten, erläuterte Jimmy betont beiläufig, während sie sich durch das Drehkreuz schoben.

— Jimmy fährt total auf Led Zeppelin ab!, musste auch Edu zugeben.

Herablassend, doch weiter betont beiläufig dozierte Jimmy, während sie nach ihren Sitzen suchten, **Dokumentarfilm von einem Konzert in New York, 1973** gedämpft durch das Heulen und Brüllen und Toben der ausgeflippten Zuschauer.

*****

Getäuscht von der Helligkeit des künstlichen grellen Lichts blieb der Tag aufgeregt, wo doch längst schon die Nacht sich heimlich breitgemacht hatte. Voll mit Coca-Cola und Pizza, gierig heruntergeschlungen am fliegenden Buffet Grupo Sérgio in Vila Mariana, gingen sie schließlich auseinander
Jimmy wollte aufgewühlt sofort nach Hause, um sich an seiner Led-Zeppelin-Schallplattensammlung zu berauschen, den Film muss ich mir noch einmal reinziehen! Mann, der ist geil!
kleinlaut befürchtete Zezão, **Meine Mutter wird mir eine ziemliche Ladung verpassen!**
Edu beschloss, sich zu Fuß auf den Weg zu machen nach Chácara Inglesa, wo er in einer Sackgasse mit einfachen Häusern von Leuten, die Glück gehabt hatten, zu Hause war und nicht gerade beabsichtigte, für immer dort an der Leine zu liegen

DIENSTAG, 6. JULI

ziraa! Alzira, he! *hä?!* **Komme ja schon, Olegário!, komme schon! Alzira! Warte, Olegário, Pitoco ist los! Mein Gott!** Aufgeregt rennt der Pudel im Zickzack im Korridor hin und her. **Kümmerst dich mehr um den Hund als um mich, Alzira!** Er wickelt sich aus der flauschigen blauen Decke, in der er mit Kleidern und allem geschlafen hatte, war kalt gewesen, grau streckt sich der Morgen aus. Indiara, ein Tuch um den Kopf, schleift den Staubsauger beiläufig hinter sich her, gegen die Möbel. **Guten Morgen, Guto! Willst du frühstücken? Nilson ist schon aufgewacht ...** Noch benommen verschwindet er im Bad, pinkelt, wäscht sich das Gesicht, putzt die Zähne, wacht auf.

— Setz dich, Cousin!

— Seid ihr zum Mittagessen zu Hause?, brüllt Indiara.

— Nein, wir haben schon was vor.

— Ich weiß schon! Du drückst dich vor Dona Nelly ...

— Wieso drücke ich mich? Sag doch nicht so einen Quatsch, Indiara!

— Ich weiß genau, was da los ist, Nilson ...

— Was weißt du denn schon, Indiara?

— Du ...

— Was ist mit mir?

— Junge, ich weiß, dass du sitzen geblieben bist ...

Aufgeschreckt huscht er blitzartig ins Wohnzimmer, **Wer hat dir das gesagt? Die Natália, die olle Petze?**

*****

Sie gingen gemächlich zwei Straßenkreuzungen weiter, bogen nach links ein und waren vor dem verlassenen Haus in der Rua Sérgio Cardoso. Nílson in langem schwarzem Mantel über ausgewaschenem T-Shirt, Lee-Jeans, roten Stoffturnschuhen, schaute sich rechts und links auf dem Bürgersteig um und sprang über die Mauer. Guto in grünem, fadenscheinigem Pullover, Tergal-Hose von undefinierbarer Farbe, ausgetretenen Billigturnschuhen, folgte ihm. Sie schlugen sich durch das hohe Gebüsch, das die Veranda überwucherte, drückten sich an der Wand entlang bis in den dunklen Keller.

Auf der schmalen Strohmatratze lag ausgestreckt, Arme im Nacken verschränkt, ungekämmt, in denselben Klamotten wie am letzten Abend, Edu.

— Ich habe bei dir angerufen. Sie haben gesagt, dass du nicht da warst ...

— Hm hm,

— Nichts gegessen?

— Die Kekse da, zeigte auf die zerknüllte Packung auf dem Boden.

Nílson inspizierte den Raum, raffte den Müll zusammen.

Dann ein Pfiff, **Jimmy!**

US-Top-Jeans, Rollkragenpullover in Kürbisfarbe, Stoffturnschuhe dunkelblau, baute er sich in der Tür auf: **Ich war grad noch bei Zezão ... hat bis Ende der Woche Hausarrest ...**

NÍLSON: Scheiße, die reine Schikane! Warum das denn?

JIMMY: Keine Ahnung, Mann, seine Mutter ist nicht ganz dicht ...

NÍLSON: Wir könnten doch hingehen, ihn rausholen ...

JIMMY: Ach, dann macht er sich nur in die Hosen.

Sie lachten.

NÍLSON: Edu hat hier gepennt ...

JIMMY: Schon wieder, Mann? Was geht diesmal ab?

EDU: Ach, wie immer, dasselbe ...

JIMMY: Und nun?

EDU: Weiß nicht ...

JIMMY: Mann, genau deswegen sage ich immer: Ich bewerbe mich bei der Banco do Brasil ...

NÍLSON: Scheiß auf die Banco do Brasil, Jimmy!

JIMMY: Mann, ich will das Leben genießen, frei sein ...

NÍLSON: Hinter einem Bankschalter, du?

JIMMY: Wenigstens Sicherheit, Mann ... Wenn sie dich nehmen, bleibst du da bis zur Rente ...

EDU: Scheiße, Jimmy, und alles andere?

JIMMY: Was, alles andere?

NÍLSON: Das alles, wogegen wir sind!

JIMMY: Da bin ich doch weiter dagegen, Mann ... Aber ich werde ein großes Haus haben, verdammt, nur für die Proben mit meiner eigenen Band ...

NÍLSON: Was für ein hohles Gelaber ...

JIMMY: Du wirst ja sehen ...

EDU: Ich hau ab ...

NÍLSON: Wohin denn?

EDU: In eine Kommune ...

JIMMY: Kommune?

EDU: Genau ... alle gleich ... keine Spießigkeit ...

JIMMY: ... alle nackt ... Haschisch rauchen ... rumvögeln ...

NÍLSON: ... selbstgebasteltes Zeug auf der Straße verkaufen ...

EDU: Macht euch nur lustig ... ich zieh' das durch ... nehme meinen Rucksack und haue ab ...

JIMMY: Und wohin?

Nílson steckt sich eine Zigarette an.

EDU: Keine Ahnung ... Bahia ...

JIMMY: Bahia?

EDU: Genau ... irgendwo, weit weg ...

(Pause)

JIMMY: Und du, Cousin?

Guto, im Stehen, gebeugt von der Kälte, erschrak: **Ich?**

JIMMY: Genau, Mann, Was ist dein Plan für dein Leben?

Eine durchsichtige Eidechse flitzt über die Decke. Zwitschert ein Bemtevi auf dem Nachbargrundstück?

GUTO: Ich ... ich ... werde Buchhalter ...

EDU: Buchhalter?!

JIMMY: Was ist das denn für ein Scheiß, Mann?

GUTO: Mein Vater ... Er will, dass wir Hauptsache nicht für die Pratas arbeiten ...

JIMMY: Hä?

NÍLSON: Prata ... das sind die Leute, die in seiner Stadt da das Sagen haben ...

EDU: Buchhalter?!

NÍLSON: Wie ist es, hauen wir uns was in den Bauch?

Edu zieht seine Boots an, die Militärjacke mit dem riesigen roten Herz auf dem Rücken.

JIMMY: Und du, Nílson?

NÍLSON: Was ist mit mir?

JIMMY: Was hast du vor?

NÍLSON: Ich? Ich bin sitzen geblieben, Mann, kann mir jetzt nichts mehr erlauben, sonst macht meine Mutter mich rund ...

*****

Kibbeh und kleine Pasteten und eineinhalb Liter Coca-Cola überzeugten Edu, wieder nach Hause zu gehen – **Dusch wenigstens mal, Mann, du stinkst wie Sau!**, argumentierte Jimmy unwidersprochen und verdonnerte Nílson (und Guto) danach noch einmal zu **The Song Remains the Same**.

— Geht nicht, Mann, ich bin blank, und überhaupt muss ich mich heute mal in der Schule blicken lassen ...

Sie trollten sich.

Nílson geleitet Guto
bergauf und bergab durch Straßengewirr Avenidas Hupen
Motoren Autos Motorräder Lastwagen Busse Rauch
Leute Leute Leute
Überall Müllsäcke auf holprigen BürgersteigenLastenfahrräder
Uniformen lässig an Polizeiwagen gelehnt
Flinten im Arm Pistolen Schlagstöcke
bettelnde Hände Erbarmen Misere
hastig verschwinden aufgescheucht Kakerlaken

Wohnhäuser Kneipen Hochhäuser Snackbars Zeitungskioske Fliegende Imbissbuden eineinhalb Stunden vergehen die Füße eiskalt

Jardim da Saúde, Vila da Saúde, Vila Gumercindo, Rua Loefgreen, Rua Santa Cruz, Rua Visconde de Guaratiba

— Warte kurz.

Laden im Erdgeschoss eines Wohnhauses, zwei Eisentüren: die eine zu, dahinter ein kurzer Tresen längs durch den Raum; die andere offen zu einem schmalen Gang, dahinter lärmende Druckmaschinen, Farbgeruch, Schmiere, Öl, Papier. Nílson drückte die Klingel, schon stand ein Glatzkopf da, der ihn freudig begrüßte und weiter nach hinten führte. Zehn Minuten später stand er wieder vor der Tür, Hunderte Flugblätter im Arm.

— Der Typ ist scharf auf meine Mutter, sagte er und ging Richtung Straßenecke. Wenn ich Knete brauche, gehe ich zu ihm, er hat immer was, mit dem ich mir was verdienen kann ...

Und blieb stehen, fing an, die Flugblätter zu verteilen.

— Also ich stehe hier, du da drüben. Wir müssen bis fünf alles weg haben, klar?

Aus der Innentasche seines Mantels zog Nílson eine Zigarette, ging auf einen Passanten zu, bat um Feuer, nahm einen tiefen Zug und verschwand.

*****

Ein hartnäckiger Regen ließ den Abend nicht gehen. Nílson zeigte Guto, wie er seine Füße in Zeitungspapier wickeln konnte, damit sie warm blieben. Sie aßen einem Hotdog im Schutz eines Vordachs einer Filiale der Nationalbank, an die weißen Mosaikfliesen der Säulen geklebt waren Plakate **GESUCHT**. Ruckelnd schlängelte sich der Bus die Avenida Cursino entlang, unendlich viele Lampen warfen ihr gleißendes Licht auf die Fußgängerwege voll unruhiger Mienen. Sie stiegen aus, Rua Doutor Nestor Alberto do Macedo, huschten durchs Tor der Staatlichen Schule Colégio Júlio Ribeiro. Sie liefen, Kleidung und Haare tropfnass, unschlüssig durch den leeren Flur, das Murmeln feierlicher Wiederholungen im Chor, grüne Tafeln entlang der Wände. Vor der Tür eines Klassenzimmers zögerten sie. Ausgeblichener Kittel, rote und blaue Bic-Kugelschreiber in der Brusttasche mit dem gestickten Schriftzug *Prof. Kazuo*, locker in der rechten Hand Kreide, empfing sie **Nílson, was für ein seltener Gast!** ironisch.

— Wie geht's Herr Kazuo!?

— Los, kommt schon rein ... Du kennst vielleicht noch die meisten ... Er winkte den Mitschülern heiter zu.

— Herr Lehrer ... mein Cousin ... darf er heute ...

— Selbstverständlich! Stell ihn doch bitte der Klasse vor ...

— Das ist Guto, mein Cousin ... aus Minas Gerais ... sagt nicht viel, aber ist nett ...

— Hallo, murmelten sie im Chor.

Auf dem kleinen Holztisch ausgebreitet ein Schwamm, die Klassenliste, ein Band Physikarbeiten mit Lösungsheft, eine Schachtel Vila Rica, ein Aschenbecher. Über die Stuhllehne gehängt tropfend ein gelber Regenmantel.

— Können wir weitermachen? Kann jemand Nílson ein Blatt Papier geben und einen Stift, der arme ...

Er drehte sich wieder um, resigniert, und fuhr damit fort, auf der Tafel in winziger Schönschrift Aufgaben aus dem Buch abzuschreiben, unruhiges Scharren von Schulbänken.

Als er die Tafel voll hatte, schrieb er in die untere rechte Ecke *KBÔ* unterschrieben mit *Prof. Kazuo, 06/07/76*.

Steckte sich eine Zigarette an.

— Gut, Leute, noch eine Minute aufpassen. Hier sind fünfzig Aufgaben aus dem Stoff des gesamten ersten Halbjahrs. Versucht bitte, zu Hause so viele wie möglich zu lösen. In der nächsten Stunde besprechen wir das (*es klingelt zur Pause*). Am Ende suche ich dann die Themen raus, die in der Prüfung kommen. Also geschenkt. Tschüss und bis nächstes Mal!

*****

Sie versuchten noch, an den Ausführungen der Biologielehrerin, die Patschuli verströmte, zu folgen und klammerten sich beim Hinausgehen an sinnloses Plappern. Als sie dann gegen elf wieder zu Hause einliefen, war Nelly noch vor dem Fernseher wach.

— Na, ihr Schätzchen. Lange nicht gesehen!

— Hallo, Mama.

Sie stand auf, machte den Fernseher aus, das Sofa war schon für Guto bereitet.

— Gehen wir in dein Zimmer, Nílson? Ich glaube, du hast mir was zu sagen ...

— Aber, Mama, ich bin todmüde ...

— Los, Nílson! Sag Gute Nacht zu José Augusto ...

— Hau rein, Guto ...

— Gute Nacht ...

— Gute Nacht, Guto, schlaf gut.

— Gute Nacht, Dona Nelly.

MITTWOCH, 7. JULI

Stiefelpoltern auf der Treppe ... Schlüssel klimpern ... Pam! Guto wacht auf, sein Herz rast, süßliche Spur von Nelly.

Fort waren der Geruch nach verschmortem Kabel aus der Dusche und der eisige Wind durch das geklappte Fenster im Plastikvorhang, warmes Wasser umfing ihn, der frühe Morgen mit seinen Gaben.

Er packte die Reisetasche aus Kunstleder, die schmutzige Wäsche in einer Tüte, wie es Mutter ihm gesagt hatte.

Abgelenkt vom Geplapper Indiaras kaute er eifrig auf einem Stück aufgebackenem Brot, schlürfte vorsichtig heißen Kakao. Ließ im Wohnzimmer einsam *Die letzten Tage von Pompeji* zurück.

*****

— Essen, Guto!, rief Indiara und blieb vor Natálias Zimmer stehen: **Na-tá-lia! Natáaaa-lia! Komm eeesss-seeeen ...**

Guto nahm sich auf den bernsteinfarbenen Colorex-Teller Reis, braune Bohnen, ein Stück Schweinefleisch, Tomatenscheiben.

Indiara legte die Schürze ab, schaute vom Treppenabsatz hinter der Küche hinaus in den traurigen Himmel, die kalte Luft regenfeucht: **Leute, du liebe Zeit, das ist kein katholisches Wetter!**

— Hallo Indiara! Hallo Guto!, Natália in Badelatschen, Lee-Jeans, weißem T-Shirt, muntere blaue Augen, die nachtschwarzen Haare glatt über der Schulter.

— Hallo Natália!

— Hallo Natália. Irgendwann aber gehe ich ... wenn Gott will ...

— Wie bitte, Indiara?

Nahm sich Reis, ein Stück Schweinefleisch, ein paar Scheiben Tomaten.

— Ich meinte, eines Tages gehe ich nach Almenara zurück ... da ist nicht so ein Sauwetter ...

— Ach, Indiara, schon wieder ...

— Hier jedenfalls will ich nicht sterben, Leute, um Himmels Willen nicht!

— Du liebe Zeit, was ist denn passiert, Guto? Ich dachte schon, wir würden uns gar nicht mehr sehen, bis du abreist ... Was habt ihr ausgefressen?

— Ach, nichts ...

— Ich weiß! Ich kenne doch meinen Bruder ... und seine Freunde ...

— A propos, Dona Nelly hat Nílson mitgenommen ...

— Tatsächlich?! Der Arme ... Wenn Mutter sauer ist, nimmt sie einen ins Krankenhaus mit auf die Arbeit und lässt einen dort schmoren ...

— Sie hat gesagt, dass du dich um Guto kümmern ...

*****

Grazil streift der gelbe, indisch gemusterte Rock von Natália über das kantige Pflaster der Kreuzung Rua Divinópolis/Nossa Senhora da Saúde, hinter ihr her lebhaftes Plappern von Guto erstickt in dem lauten Brausen der Autos überall.

— Weißt du ... Natália ... weißt du noch damals in Cataguases? War lustig damals, oder? Wir waren drei Tage lang unzertrennlich, deine Mutter hat damals sogar ...

— Ja, stimmt ...

— Weißt du, jeden Abend, wenn du wieder bei deiner Tante in Vila Minalda warst, habe ich ... habe ich mich in die Ecke verkrochen, ziemlich traurig ... Weißt du noch, wie wir gespielt haben?

— Was meinst du?

— Was haben wir damals gespielt! Verstecken ... Bockspringen ...
Fußball ... Du hast ziemlich gut Fußball gespielt ... Blindekuh ... Aber am liebsten hast du Mann und Frau gespielt ...

— Mann und Frau?!

— Ja, genau ...

— Wie bitte?!

— Du warst Krankenschwester ... und ich arbeitslos ...

Natália bleibt stehen, schaut nach rechts und links, überquert die Straße.

— War witzig damals ... Einmal hast du mir sogar einen Kuss gegeben ...

— Einen Kuss?! Was für ein komisches Kind ich damals war!

— Erinnerst du dich gar nicht mehr?

— Ach, hier ist es.

Auf der ausgeschalteten Leuchtreklame die Umrisse einer Gitarre, *The Thin Lizzy'S Club*, eine Bar, der Garage eines Wohnhauses abgetrotzt.

— Hi, Dinho!

Der bärtige Langhaarige in Tarnjacke, Lee-Jeans, Stiefeletten, der gerade Flaschen in einen Kühlschrank einräumt, dreht sich um, überrascht: **Hallo, Süße! Komm her!**

— Alles klar?

— Alles im Lot ...

— Das ist Guto, das Patenkind von meiner Oma.

— Alles locker, Kumpel?

— Für Samstag ist alles klar?

— Die Leute war'n heute früh schon mal da ... haben das Equipment vorbeigebracht, Boxen, Mikrofon, Schlagzeug ... Willst du kurz checken?

Sie schlüpften durch eine schmale Tür hinten im Raum auf den zementierten Hof, Tische und Stühle aus Blech unter Jabuticaba- und Guavenbäumen, unter einer Plane improvisiert eine Bühne im Schatten eines Mangobaums.

— Wow!, das ist super!

— Solange es nicht regnet ...

— Okay, wollen wir mal nicht hoffen ...

— Komm morgen Nachmittag mal vorbei ... Da ist Probe ...

— Okay, mache ich. Also, wir gehen dann mal ...

— Jetzt schon, Mädel?

— Ja ... Ich muss noch mit Guto zu dem Chinesen da in der Rua do Boqueirão ... Er will mir ein Andenken kaufen ...

— Cool, Mann! Dann mach das! Willst du nicht vorher noch schnell was trinken, Mädel? Aufs Haus ...

— Ist das okay für dich, Guto?

Er nickte verschüchtert.

— Eine Cola, okay?

— Und du, Mann?

— Nichts, danke.

— Der Dinho ist voll in Ordnung, was?, sagte Natália zufrieden und legte ihre gehäkelte Umhängetasche auf einen leeren Stuhl.

Begeistert ging ihr Blick die sich schuppenden Stämme hinauf, aus denen schwarz Jabuticababeeren sprossen.

— Natália ... du ... erinnerst du dich wirklich nicht mehr?

— Woran soll ich mich erinnern?!

— Du hast gesagt: Mach die Augen zu, ich habe die Augen zugemacht und du hast deinen Mund auf meinen Mund ge

— Hier, die Cola, Mädel.

— Cool!

— Bist du immer noch mit dem ...

— Wil? Hmmm.

— Und wo hängt der rum?

— Ach, der hat überhaupt keine Zeit mehr ... Vormittags Journalismus an der Cásper Líbero, dann rennt er zum DCI, macht ein Praktikum da ...

— Okay!

Natálias Finger mit abgekauten Fingernägeln tasteten am beschlagenen Glas herum, malten Kreise über der Tischplatte.

— Heiratest du Wil, Natália?

— Was?!

— Werdet ihr heiraten?

— Heiraten? Wil? Was weiß ich denn ...

— Warum gehst du dann mit ihm?

— Warum?

— Na ja, wenn man fest mit jemandem geht ... dann doch, um zu heiraten, oder?

— Das kann ich nicht glauben, Guto! Wie ... wie ... wie absolut spießig, Mann! Meine Oma bringt auch immer solche Sprüche ...

Von der Kälte gebeugt, zieht sich der Nachmittag langsam zurück, knurrig.

— Hier! Hier!
— Was ist, Guto?
— Ich möchte doch etwas trinken ...
— Trinken?
— Hier! Hallo!
— Er heißt Dinho!
— Hier! Hier!
— Sag schon, Mann!
— Bring mir ein Bier, bitte.
— Bier? Oder willst du was Richtiges?
— Wenn du meinst ...
— Guto, nein ...
— Meine »Batida del Diablo« haut rein, Bruder!
— Guto, du bist das Zeug nicht gewohnt ...
— Kennst du Schnaps mit Klapperschlange?
— Was?
— Schnaps mit Klapperschlange.
— Mit Schlange?!
— Wie ekelhaft, Guto!

Schnell, ohne auf den Geschmack, den Geruch, auf die Farbe zu achten, nahm Guto einen kräftigen Schluck.

— Pass auf, du bist ruck-zuck betrunken, Guto!, warnte Natália genervt.

eine Schneise zog sich durch seine Speiseröhre, setzte seinen Magen in Brand.

— Was sagst du, Junge?

— Schnaps mit Klapperschlange ist stärker!, sagte er mit verächtlichem Blick und beeilte sich, schnell auch den Rest runterzukippen.

— Oho!

— Bring gleich noch einen!

— Noch einen?! Natália und Dinho wechselten Blicke.

— Ich kann auch bezahlen, sagte er barsch und verächtlich, die Finger der linken Hand schnell tastend nach den paar Cruzeiros am Grund seiner Hosentasche.

— Was willst du eigentlich damit beweisen, Guto?

— Wäre ich dein Freund, würde ich dem Kerl mal die Fresse polieren ...

— Was?!

— Diesem Haschbruder ... Siehst du nicht, dass er dich anbaggert?!

— Mich anbaggert?!

— Sag bloß, du bekommst das nicht mit?

— Ach Guto, bleib locker!, seufzte sie unruhig.

In den Zwischenräumen der Baumkronen ziehen sich Wolken zusammen.

Ohne auf Geschmack, Geruch, Farbe zu achten, kippte Guto noch einen langen Schluck herunter, der Fusel rinnt ihm übers Kinn.

Nervös knautscht Natália den Stoff ihrer gehäkelten Umhängetasche.

In sich gekehrt überprüft Guto eine Abordnung Feuerameisen, die sich durch die Blätter am Boden schlängelt.

Mit einem Ruck steht Natália auf, resolut.

— Guto, wir gehen!

Trüb stottern seine Augen:

— Natália ... ihr alle ... ihr alle haltet mich doch für einen Dreck, oder?

— Wie bitte?!

— Ihr alle ... du ... dein Bruder ... deine Mutter ... dein Freund ... ihr alle ...

— Ach Guto, bleib locker ...

— ... aber ... Natália, he ... ich bin kein Dreck ...

— Natürlich nicht, Guto ... Lass uns jetzt gehen, los ...

Dinho kommt, ärgerlich.

— Scheiße, Dinho, musstest du Guto diesen Scheiß geben! Jetzt schau, wie er drauf ist!

— Was ist denn los, Mädchen? Der Typ ist doch eine totale Lusche ...

Guto springt auf, sein Fuß verhakt sich im Stuhl, der Tisch wackelt, die leere Colaflasche wirbelt herum, kullert herunter, zerspringt auf dem Boden,

— Verdammt noch mal, Kerl!

sein Körper taumelt ins Leere,

DONNERSTAG, 8. JULI

Der Morgen streckt sich hingebungsvoll in die Länge. Die Rotbauchdrossel des Onkels zwitschert, hopst von der Stange auf den Boden und zurück und pickt die Samen aus der reifen Jilóschote zwischen den Gitterstäben des Käfigs. Die Patentante stimmt eine Ode an *Jehova ist unsere feste Burg, Gott, der treu über uns wacht / Und wenn unser Glaube erschüttert wird, gibt uns seine Liebe Kraft / Zerstört Satanas hinterhältige List / Ihn zu vernichten mit seiner unendlichen Macht / Den Seinen gibt er Ruhe und Frieden.* Der Pudel kläfft heiter.

Zögernd löst Guto sich aus der flauschigen blauen Decke – sein trockener Mund schmeckt nach Blei, auch die sandige Zunge –, setzt sich auf die Sofakante. Vergeblich tasten seine Füße unsicher nach seinem Turnschuh; flau pressen die Hände sich gegen die pochenden Schläfen. Ein Schauer durchläuft seinen nackten Oberkörper, seine tiefliegenden Augen erkennen gesprenkelte Flecken auf dem Hosenbein. Taumelnd durchfingert er die kunstlederne Reisetasche, bekommt etwas Sauberes zum Anziehen zu fassen und schleicht sich ins Bad.

*****

Reißt in der Küche den Kühlschrank auf, schnappt sich eine Flasche Wasser, gießt hastig ein Wasserglas voll, ein, zwei, drei Mal. Die Zeiger der Wanduhr rücken auf halb acht zu. Da bemerkt er auf dem gelben Resopaltisch, in der Mitte gefaltet unter der leeren Kaffeekanne, ein Blatt liniertes Papier Indiara.

Aufgeregt spioniert er die Nachricht aus.

Indiara,
ich bin bei Lidia. Ich bleibe den ganzen Tag da. Guto hat gestern zu viel getrunken, dann war ihm schlecht, er hat ziemlich gekotzt. Ich hab den Boden im Wohnzimmer aufgewischt, vielleicht kannst du nachher noch mal drüberwischen, bevor meine Mutter kommt. Ich glaube, auch die Decke hat was abbekommen. Sag ihr bitte nichts, weil sie sonst auch noch auf mich sauer wird. Seine Sachen habe ich ins Waschbecken gelegt. Ich rufe später noch mal an.
Natália.

*****

Die Vierzigwattbirne hängt von der niedrigen Decke, Licht fällt auf den abgetretenen Läufer, nutzlos auf dem ruinierten Parkett
auf dem Sofa schnarcht lang bleich unter einer schmierigen Decke der Patenonkel, Sabber rinnt aus seinem zahnlosen Mund, seine knochige, fleckige Hand schaut heraus – hört nicht einmal das Pfeifen des Batterieradios
zwischen Kissen und Armlehne des Möbels gequetscht
im Käfig scharrt die Rotbauchdrossel ungerührt
das ovale, kolorierte Bild von dem, was einmal Olegário und Alzira waren, er in Krawatte und Anzug, Vaseline im Haar, den eleganten schwarzen Schnurrbart sorgfältig gestutzt; sie in schlichtem, hellem Kleid, die Haare hochgesteckt, die Augen zwar noch zu erkennen, aber halb geschlossen
der Sessel mit den gepolsterten Federn
der Glasschrank – angeschlagener Nippes, unvollständiges Festtagsgeschirr; Tassen, die nicht zueinanderpassen, Untertassen, Zuckerdosen, Kannen; eine Schüssel, eine blaue Butterdose riecht nach vorgestern, alles.

Den Besen in der Hand schrubbt die Patin den schäbigen Hinterhof, dazu winselt der Pudel in seiner Ecke:

(— Ich wollte nicht gehen, liebe Patentante, ohne noch kurz bei dir zu sein, hatte Guto beharrlich behauptet. Die Alte hatte ihre Hände an der Schürze abgewischt und nach seiner Kunstledertasche neben der Vitrine gefasst

— Ach Junge, du weißt gar nicht, wie froh mich das macht, hat sie gesagt und ihn gebeten, mit ihr in die Küche zu gehen – »ich wasche nur schnell noch Pitocos Saustall aus« – heutzutage will niemand mehr was mit den Alten zu tun haben ... Natália, Nílson, die wohnen hier gleich obendrüber und lassen sich manchmal ewig nicht blicken ...)

Ich weiß nicht ... mein Gefühl sagt, dass ich nie mehr nach Cataguases komme ... Der arme Olegário in diesem Zustand ... Ich ... klapprig, wie du mich hier siehst ... Und Nelly hat schon gesagt, dass wir hier in São Paulo beerdigt werden ... alle ... Hat sogar schon ein Grab auf dem Friedhof von Vila Mariana, wo schon Dimas liegt, Gott habe ihn selig ... Sie will nichts mehr von Cataguases wissen ... Letztes Mal als sie wiederkam, war sie ganz aufgebracht und hat gesagt, sie setzt nie mehr auch nur einen Fuß in die Stadt ... Hat ja recht, sie gehört hierher ... hat sich das alles hier eingerichtet ... Aber ... Die anderen Mädchen, die kennst du nicht, oder?, Janderly und Marly ... die haben noch kleine Kinder, Ehemänner, jeder von woanders her ... ihre Verpflichtungen ... außerdem hatten sie immer so ihre Probleme mit Cataguases ... Was soll ich da, Mutter?, werden richtig sauer, wenn ich darauf zu sprechen komme ... Mit Janderly, meiner Jüngsten, brauche ich gar nicht zu rechnen ... Sie war noch zu klein, als sie herkam ... ist ja hier in der Straße schon aufgewachsen ... und ist noch ganz jung weitergezogen ... Aber ich, Junge, ich würde so gern ... so gern noch mal die Meinen wiedersehen ... Sehnsucht habe ich ... Meine Mutter, mein Vater, Gott hab' ihn selig, sind doch alle dort begraben ... Meine Schwester ist da, Nilma, die wohnt da in Vila Minalda ... Wir waren uns immer sehr nah ... fast am selben Tag Geburtstag, nur vier Tage Unterschied! Stell dir mal vor. Nur vier Tage! ... Und Jadir, mein mittlerer Bruder, der in Pirapetinga Verkäufer ist ... Unsere ganze Familie von da ... Und die Neffen, die Vettern, die Onkel

*****

Alzira!, Guto erschrickt, ihm ist übel, **Wo bleibt die Suppe, Alzira?**, Schweiß auf der Stirn. Das Sofa verwaist, die Rotbauchdrossel müde. Klebriger Nebel dringt in der Küche aus den Töpfen, versucht ins Wohnzimmer zu entkommen. **Gleich, Olegário! Ich lasse es nur noch kurz abkühlen ...** Mühsam bekommt er seine Beine in den Griff, hebt sich aus dem Sessel mit den gepolsterten Federn, tastet zur Zimmertür, **Dein Segen, Patenonkel.** Das Batterieradio pfeift. Der Alte, in eine schmierige Decke gewickelt, fixiert ihn verächtlich, dann richtet er seinen Blick wieder zur Decke. Der Kleiderschrank, das Ehebett, der überbordende Frisiertisch, Gläser, Pipetten, Tablettenverpackungen, Zinnbecher, eine Werbegeschenkvase, vier staubige rote Plastikblumen, gesprenkelt mit Fliegenschiss, eine Bibel, ein Gesangbuch, Uringeruch, Kotgeruch.

— Oho, Luís Augusto, schon aufgewacht? Fast hätte ich mir Sorgen gemacht ...

— Ich bin die letzten Tage immer so spät ins Bett gekommen ...

— Ja ... Nílson ... Ich habe schon zu Nelly gesagt ... diese Jugend kennt keine Zeit mehr, ins Bett zu gehen, und steht zur Unzeit auf ... Anarchie ... keine Ordnung mehr ... Ich weiß nicht, wohin das noch führen soll ...

— Da fehlt eine harte Hand!, brüllt der Alte, das bräuchte es, eine Tracht Prügel!

*****

Sechs Mal schlängelt sich die Kette durch die Gitterstäbe des Eisentors. **Nelly kommt**, warnt die Alte und schiebt sich die Gabel in den Mund.

— Hallo, Mama. Hi, Guto.

— Nelly! schimpft der Greis, Komm her, meine Tochter!

— Ich komm' schon, Papa.

— Und wie geht's ihm?

— Ach, Tochter, er hat die ganze Nacht durch gejammert ... Ich glaube, dieses Schlafmittel wirkt überhaupt nicht ... Sollen wir nicht noch mal mit ihm zum Arzt gehen?

— Nein, Mutter, wir müssen noch ein bisschen warten ...

— Willst du nicht, wenn du schon mal hier bist, mit uns zu Mittag essen, Tochter?

— Nein, Mutter, ich habe noch keinen Hunger. Und du, Guto? Was machst du denn für ein Gesicht?

— Müde, Nelly ... Was muss er auch Nílson alles nachmachen ...

— Ach Mutter, was soll das!, Nílson war gestern nicht einmal hier. Er war bei mir im Krankenhaus!

— Ich wollte der Patentante nur noch ein bisschen Gesellschaft leisten ... Ich fahre doch heute wieder ...

— Ach, stimmt ja! Das hatte ich ganz vergessen ... Na, dann will ich mal nachschauen, was oben so los ist ...

— Nelly!

— Ich komm doch schon, Vater! Hat sich Natália gut um dich gekümmert, Guto? Wie schön! Mama, wenn Raul kommt, sag ihm, er soll auf einen Kaffee zu uns hochkommen.

— Mache ich, Tochter.

*****

Das Mittagessen drückte seinen matten Körper zurück in den Sessel mit den gepolsterten Federn

im Zimmer nebenan schnarcht der Patenonkel

die Patentante lässt in der Küche Wasser in die Schüsseln laufen

die Rotbauchdrossel döst

der Pudel lauert auf eine schwirrende Fliege

still ergibt sich der Nachmittag brüchigen Wolken,

kränklich

*****

— Ach, der Gevatter Raul! Komm schon rein ...

Drei Mal schlängelt die Kette sich durch die Gitter des Eisentors. Dösig springt Guto aus dem Sessel mit den gepolsterten Federn auf.

RAUL: Das ist Hélton, Jucas künftiger Schwiegersohn.

ALZIRA: Sehr angenehm! Wollen Sie nicht reinkommen, einen Kaffee trinken?

HÉLTON: Nein, vielen Dank, gern ein andermal ...

GUTO: Vater!

RAUL: He, Luis Augusto, komm schon, ich will dir Hélton vorstellen, den festen Freund deiner Cousine Lidiane, der ältesten Tochter von Juca ...

GUTO: Hallo.

ALZIRA: Möchten Sie nicht doch kurz zu uns reinkommen?

HÉLTON: Nein, vielen Dank ... Nun, dann habe ich Sie hier ja gut abgeliefert. Sonst alles in Ordnung Senhor Raul?

RAUL: Danke, Hélton. Geh mit Gott, Junge. Und viele Grüße an alle da ...

HÉLTON: Gute Reise dann, Senhor Raul. Mach's gut, Luís Augusto, gute Reise. Hat mich gefreut, Dona Alzira.

RAUL: Kommt uns doch mal in Cataguases besuchen ...

HÉLTON: Wer weiß, irgendwann mal, Senhor Raul ...

Knallte kräftig die Tür des TL zu, gab Gas und verschwand über die Rua das Monções.

— Los, lasst uns reingehen ...

Die Patentante schloss wieder das Eisentor, schob die beiden ins Wohnzimmer, bat Raul, seine kunstlederne Reisetasche abzustellen, neben die von Guto.

— Gevatter Raul! Raul, komm zu mir!

— Olegário ... ich dachte, er würde schlafen ...

— Von wegen schlafen ... Schön wär's ... Nicht einmal mehr schlummern kann ich ...

— Dann will ich uns mal einen Kaffee machen.

*****

Zwei Mal kam die Alte die Treppe hoch, zwei Mal hatte Indiara gebrummelt, dass Nelly noch immer in ihrem Zimmer sei und sich ausruhe. **Aber sie hat gesagt, dass ich sie rufen soll ...** und war schnaufend und wehklagend wieder abgezogen, **Was soll denn Raul von uns denken, herrje?!** Die Zeiger der Uhr gingen schon auf sechs Uhr zu – die Alte frisch geduscht war schon fertig zur Messe –, da kam Nelly mit tranigen Augen dazu.

— Und wie steht's, Raul? Wie war der Ausflug?

Guto, der sich vor der Unterhaltung gedrückt hatte – durcheinander von all den Namen, Verwandschaften, Zeiten, Manieren, Geschehenem und Passiertem – kauerte.

— He, Nelly, ich dachte schon, ich müsste abreisen, ohne dir noch einmal Hallo zu sagen ...

— Es tut mir leid, Raul, ich hatte eine furchtbare Nachtschicht!

— Ach, das macht doch nichts ...

— Und wo ist Nílson, Mama?

— Keine Spur ...

Und Natália?

— Komisch ... Ich hatte ihm extra gesagt, dass er Guto noch Tschüss sagen soll ...

— Lassen wir Olegário doch etwas ausruhen ...

— Wer hat denn gesagt, dass ich ausruhen muss, he, Alzira!

— Wir wollen rauchen, Papa ...

— Aber komm später noch mal zurück, Gevatter!

— Los, lasst uns ins Wohnzimmer gehen ... ich bringe schon den Kaffee ... Nelly hat Maismehlkuchen gemacht, den magst du doch ...

— Und dein Bruder?

— Der Juca? Dem geht es gut, Gott sei Dank ... Hat Arbeit in einer Fabrik da ... Autozulieferer ... Ein ganz gutes Häuschen hat er in Assunção, weiß nicht, ob du die Gegend kennst ...

— São Bernardo, oder?

— Genau, São Bernardo. Es geht ihm gut ... Hat zwei Kinder ... Lidiane, die Älteste ist schon eine junge Dame ... Ihr Verlobter, der Hélton, hat mich hier abgeholt und mich gerade wieder hergefahren ... Ein guter Junge ...

— Was macht er so? Man riecht schon den Kaffee, Mama!

— Sie haben da eine Autowerkstatt ... Er und sein Bruder. Hélton beult Autos aus, schleift, lackiert, solche Sachen ... Sie haben schon einen Termin für die Hochzeit ... Im Februar ... Ich soll sogar Trauzeuge werden ...

— Und machst du das?

— Was soll ich denn machen, Nelly ... Ach, danke, Gevatterin!

— Danke, Mutter!

— Das Leben ist nicht so leicht, Nelly ... die vielen Ausgaben ... das Geld ist knapp ... Ein Kampf!

— Der Kuchen ist köstlich, Mama! Guto, willst du nichts essen?

*****

Der Vater blieb kurz stehen, steckte sich eine Zigarette an, warf staunend einen Blick in die farbige Kuppel des Busbahnhofs. Dann dribbelten seine verzweifelten Füße um Kippen, abgebrannte Streichhölzer, Plastikbecher, Papiere, Papierservietten, Rotz ganz entschlossen dem Imbiss zu. **Willst du was essen? Nein, Papa ... Solltest du nicht lieber vorher was essen? Die Reise ist lang ... Nein, Papa, ich habe keinen Hunger ... Einen Kaffee, bitte.**

Der Vater schob seine kunstlederne Reisetasche ins Gepäckfach, setzte sich und steckte sich eine Zigarette an.

— Und, Junge, wie hat dir São Paulo gefallen?

Draußen streckt auf der schmutzigen, kärglich beleuchteten Straße ein Mann in zerschlissenen Kleidern im Freien sein Bein aus, offene Geschwüre, bewacht von drei traurigen Straßenhunden.

BRIEF AN EINE JUNGE DAME

Laura,

Nein, nicht, viel zu ... intim ...

Aílton schob den Stuhl zurück und stand auf. Er öffnete das Fenster, lehnte sich hinaus auf die Fensterbank, steckte sich eine Hollywood an. Der Ruß der Omnibusse, Lastwagen, Autos, Motorräder, die sich um diese Zeit auf der Avenida São João stauten, knebelte, erstickte ihn. Und der Lärm der Motoren, das Gezeter der Hupen verstärkten sich in dem kleinen Hotelzimmer. *Laura ...* Der graue Nachmittag floh hinter die alten, verdreckten Gebäude. Der leichte Wind beunruhigte ihn, er hatte nicht daran gedacht, eine Jacke mitzunehmen gegen die Kälte, die hinterhältig die Nacht von São Paulo aufwühlte. *Nur Geduld!* Beim Umdrehen schlug er mit dem Knie gegen die Bettkante. *Mist!*, setzte sich, riss das Blatt aus dem Briefblock heraus, knüllte es zusammen, warf es in den Papierkorb. Nahm wieder den Bic-Kugelschreiber und kaute auf der Kappe herum.

Liebe ...

Verehrte Frau Laura,

Nein ... So auch wieder nicht ...

Ein riesiger Schimmelfleck ziert die Wand, von der Putz bröckelt. Von seidigen Spinnweben umhüllt baumelt die Lampenfassung von der vergilbten Decke. Er riss das Blatt aus dem Briefblock, knüllte es zusammen, warf es in den Papierkorb. Schob den Stuhl zurück und stand auf. Ging zum Fenster und machte es zu. Schaltete Licht ein, griff nach der Reisetasche, zog den Reißverschluss auf, holte die Literflasche Nato Nobilis heraus, schraubte sie auf, goss sich etwas davon in ein Glas. Nahm einen Schluck. Noch einen.

Verehrte Laura …

Verehrte Laura,

Er betrachtete seine Schrift.

Wenn du diesen Brief bekommst, wirst du dich sicher nicht mehr an mich erinnern, schließlich sind es schon

Wie viele Jahre! Wie viele?

Vom Sattel des Fahrrads aus passte Aílton gespannt den Moment ab, in dem Laura vom Colégio Cataguases kommend über den Platz vor der Santa-Rita-Kirche gehen würde. Seine Hände schwitzten am Lenkergriff. Die Augen lauernd, die Rua dos Estudantes im Blick. Um sich die Zeit zu vertreiben, zählte er. Bis hundert. Bis zweihundert. Bis … *Da. Sie kommt!* Er trat kräftig in die Pedale, um die Kirche herum, hätte sie fast überfahren, dort wo es runtergeht zur alten Brücke.

— Aílto! Hast du mich erschreckt!

— Laura! Entschuldigung … Ich hab dich gar nicht gesehen …

— Schon in Ordnung … Lang nicht gesehen!

— Ja … Die Armee …

Er stieg ab.

— Weißt du, ich werde hier weggehen.

— Weggehen?

— Ja … Rio de Janeiro. Mir Arbeit suchen …

— So! Das heißt, du gehst also auch weg?

»Auch« weggehen. »Auch« …

Sie ging langsamer.

— Und … seit wann weißt du es?

— Ach, Laura, irgendwann muss man sich auf den Weg machen … Man kann doch nicht sein ganzes Leben lang hier bleiben … In Rio zumindest, hat man mehr … Möglichkeiten … also … voranzukommen …

In sich gekehrt ging sie langsam weiter, den missionarischen Blick in die Ferne gerichtet.

Aílton stieg wieder aufs Fahrrad.

— Gut, Laura ... also, ich will dann mal ...

Sie wiegte den Kopf, abwesend.

— Ich hoffe, es klappt alles ...

— Und ich hoffe ... dass auch für dich alles gut geht ...

Sechzehn Jahre ...

sechzehn Jahre! Du wirst dich bestimmt wundern, woher ich deine Adresse habe. Vor etwa drei Jahren war ich in Cataguases auf der Beerdigung eines Onkels von mir, bei dem ich aufgewachsen bin, den hast du nicht kennengelernt, und da habe ich zufällig deine Cousine Mirtes getroffen. Ich habe sie gefragt, wie es dir geht, und sie hat mir gesagt, dass du in Ipatinga wohnst, dass du geheiratet hast und zwei Kinder hast. Sie gab mir deine Adresse und deine Telefonnummer. Ich habe mich nie getraut anzurufen. Ich hatte auch nichts Interessantes mitzuteilen, deshalb habe ich nie geschrieben. Wenn ich es jetzt tue, dann, weil ich etwas herausgekriegt habe, das, ich bin mir sicher,

Sicher? Nein, Laura, ich bin mir nicht sicher ... nicht mehr ...

Er schob den Stuhl weg, stand auf. Streckte sich, ließ seine Finger knacken. Füllte das Glas noch mal mit Whisky, zündete sich eine weitere Zigarette an. Er machte das Fenster auf. Der Betrieb auf der Straße war ruhiger geworden, nur noch wenige eilige Autos, die Bushaltestellen verwaist. Die Nacht war endgültig hereingebrochen.

Aílton stieg an der Rua Raul Pompéia aus dem Bus 474 (Jacaré – Jardim de Alah). Als er in die Rua Sá Ferreira einbog, war da plötzlich ein großer Tumult. Polizeiwagen, kreischende Sirenen, Revolver, Gewehre, die Menschenmenge quetschte sich gegen die Absperrleine. Er mischte sich unter die Neugierigen. »Was ist denn hier los?« »Die Polizei hat den Hügel besetzt, keiner kommt rein, keiner kommt raus«, antwortete ein kleiner Mann mit Brille. »Aber ich wohne da ...«, sagte er. »Ich auch«, antwortete dieser, »aber sie lassen niemanden durch.« *Verdammt noch mal, das kann doch nicht sein! Ich rede mit denen ...* Er tippte einem Polizisten auf die Schulter. »Was ist denn hier los?«, der ihn gleichgültig anschaute, »Da wird was gefeiert, das sieht man doch«. »Es ist nur, ich wohne da ... drüben in dem Haus da ...« Der Polizist unterbrach ihn: »Keiner kommt rein, keiner kommt raus ...« Er sagte noch »Moment mal, Herr Wachtmeister ... ich habe den ganzen Tag lang gearbeitet ... ich will nur nach Hause ...« »Keiner kommt rein, keiner raus!« Aílton wandte sich wieder an den kleinen Mann mit der Brille. »So eine Scheiße, was!« Der Mann zuckte nur mit den Schultern.

Er löste sich aus der Menge und schlenderte zu einer Pinte an der Ecke, setzte sich an einen Blechtisch draußen auf der Straße, bestellte ein Bier. Der Schweiß pappte seine Kleidung an die Haut. *Das hat mir heute gerade noch gefehlt!* Er steckte sich eine Hollywood an, fragte den Kellner: »Wird wohl lang dauern, der Quatsch da?« »Ach, das kann sich noch die ganze Nacht hinzieh'n ...« *Scheiße!*

Beim nächsten Bier hörte er Schüsse, erschrak. Wollte aufstehen, rennen, kein Mensch rührte sich. Er blieb, die Muskeln angespannt.

Beim fünften Bier sah er César, erleichtert.

— Hey, César! César!

— He, Mann, was machst du denn hier?!

— Kannst du mal sehen! Große Scheiße das, was?

— Das kannst du laut sagen! Und ich muss mich noch duschen, dann nach Ipanema weg ... Wenn der Zirkus da vorne noch lang dauert ...

— Setz dich, lass uns einen trinken ...

— Was bleibt einem übrig!

Aílton bestellte noch zwei Bier und eine Portion Pommes Frites.

Obwohl sie sich seit zwei Jahren eine winzige Wohnung eine Straße weiter teilten, sahen sie sich so gut wie nie. Aílton im Kassenraum einer Bank verschanzt, César Gitarre zupfend durch die Nacht streifend. Ab und an tauschten sie Belanglosigkeiten aus. Die Putzfrau war diese Woche nicht da. Das Geld für die Miete liegt unter dem Mixer. Die Telefonrechnung ist diesmal arg hoch. Hast du die Frau gesehen, die einen Stock tiefer eingezogen ist?

— Auf uns!

— Auf uns!

— Mann, ich bin geliefert ... Weißt du, dass sie mich rausgeschmissen haben?

— Rausgeschmissen?

— Kannst du mal sehen. Modernes Management ... Kostensenkung ... So Sachen ...

Rausgeschmissen!? César seufzte verärgert.

— Scheiße auch, Sauerei!

Hoffe nur, dass er was gespart hat, um seinen Teil von den Ausgaben noch zahlen zu können, solange er nicht wieder Arbeit hat ...

— Schon ...

... also ich kann das nicht alles allein übernehmen ...

— Und jetzt?

— Was weiß ich ... Überlege grad' ... Ich überlege mir, wegzugehen ...

Weg!?

— Zurück nach ... Wie heißt das, wo du ...

— Cataguases? Nee, Alter, auf gar keinen Fall ... Ich hab da nichts mehr verloren, bestimmt nicht ...

Was für eine Scheiße! Ärgerlich kippte César das Bier herunter, nicht gerade leicht, jemand Zuverlässiges zu bekommen, mit dem man sich die Miete, die Rechnungen, das Zimmer teilen kann ...

— ... Auszeit nehmen ... Luftveränderung ... Was für ein Scheiß-Leben ... Aufwachen ... Arbeiten ... Schlafen ... Kein Geld mehr am Ende des Monats ...

— Ja ... Ist 'ne Scheiße ...

... Obwohl ... war nicht Gersinho gerade auf der Suche nach einen Platz zum Wohnen?

Aílton steckte sich eine Zigarette an, sie bestellten noch ein Bier.

Gersinho scheint ganz in Ordnung zu sein ...

— Habe ich dir mal von Laura erzählt? Jacinto, das Arschloch, ja der hat es echt gut getroffen ... Jacinto! Die Laura, für sie war er der Größte ... Die Frauen sind komische Wesen ...

Wieso habe ich mir nicht seine Telefonnummer geben lassen?!

— Arschlöcher alle beide! Sie so eingebildet ... »Jacinto dies ... Der Jacinto das ...« Verdammt! Stell dir vor, ich erinnere mich noch ganz genau an die beiden. An das Haus, in dem sie gewohnt hat ... was wir so geredet haben ... Sie hat geheiratet ... Zwei Kinder ...

Er schlug die Beine übereinander, das Knie über dem Tisch, Hand am Kinn, stumpfer Blick.

César nahm noch einen Schluck, spießte zwei Pommes auf und bemerkte zufrieden, dass die ineinander verkeilten Wagen allmählich abfuhren.

Big dürfte Kontakt zu ihm haben! Der Big kennt doch alle ...

— Na dann, Aílto, gehen wir?

— Nein, lass mich hier noch ein bisschen sitzen ...

Aílton zog den Stuhl weg, setzte sich wieder an das Tischchen, klammerte sich an den Bic-Kuli. Kippte einen Schluck Whisky herunter, leerte Asche und Kippen in den Papierkorb.

deine Vergangenheit wieder aufwühlen wird.

Ja, Laura, die Vergangenheit. Ich habe mein Leben damit verbracht, nach etwas zu suchen, das sich in der Ferne verloren hat und von dem nicht einmal ich genau wusste, was es war. Durch Rio streifte ich kreuz und quer – kenne die Stadt wie meine Hosentasche – und habe nie, niemals, kein einziges Mal etwas gefunden, das mich wirklich interessiert hätte. Nie, nicht einmal einen Moment lang, konnte ich aufhören, daran zu denken, wie wir uns damals getroffen haben, unwichtig für dich, für mich unvergesslich. Seitdem habe ich die Zeit nur noch rückwärts gezählt, aufgewühlt abgewartet. Ich weiß nicht, ob du mich verstehst. Nein, du verstehst das nicht. Niemand versteht das. Es ist ein Albtraum.

Ich weiß, alles vergeht, aber für mich vergeht die Zeit anders. Die wenigen Male, die ich in Cataguases war und durch die Straßen ging in der Hoffnung, hinter einer Straßenecke dich, Fio, Ricardo, die ganze APL-Gruppe zu treffen. Aber von wegen. Kein einziges bekanntes Gesicht, niemand von früher, absolut nichts.

Ich will mich nicht damit abfinden, Laura, dass damals, als ich die Straße zur Alten Brücke hinunterfuhr und dir begegnete, das letzte Mal gewesen sein soll, dass wir uns sprachen, dass wir uns nie wiedersehen sollen, nie wieder. Ich erinnere mich, als sei es gestern gewesen, ich hatte den Kopf noch geschoren, war gerade aus dem Militärdienst entlassen worden, und du kamst von der Schule, vom Colégio Cataguases. Ich sagte, dass ich weggehen würde, hatte angehalten, um mich zu verabschieden, aber du wirktest so kalt, so abwesend. Wegen dir, Laura, bin ich verbittert geworden, misstrauisch, einsam. Einer, der nicht nach vorne blickt, sondern nur Krümel aus der Vergangenheit aufpickt. All diese Jahre habe ich versucht, dich zu vergessen. Habe versucht, mich auf andere Frauen einzulassen, aber keine war wie du, hatte dein Haar, deine Hautfarbe, deinen Geruch. Keine war wie du. Dann, mit der Zeit, fand ich heraus, dass ich dich in Wahrheit gar nicht vergessen wollte, weil du meine Vergangenheit bist und ich meine Vergangenheit nicht ablegen möchte, sie ist die einzige Sicherheit, die mir bleibt.

Aílton schob den Stuhl weg, stand auf. Kickte den Turnschuh vom Fuß, ließ sich ins Bett fallen. Das rote Licht der Leuchtreklame eines Sexshops flutete in rhythmischen Abständen das Zimmer. Er steckte sich eine Zigarette an, rauchte mit tiefen Zügen und langen Pausen dazwischen. Er trank noch einen Schluck Whisky, öffnete das Fenster, lehnte sich auf das Fensterbrett. Prostituierte, Transvestiten, Dealer, Straßenkinder wieselten nun über die Praça Júlio Mesquita.

— Hat es geschmeckt?

Noch reichlich verwirrt, es war so viel Neues für einen einzigen Tag gewesen, sagte Aílton, natürlich, sehr lecker. Und nahm sich noch einen Bissen von dem Schokoladenkuchen, der Spezialität von Dona Rosinha. Er erinnerte sich nicht mehr, wie er an diesem Sonntagmorgen im Keller von Lauras Haus gelandet war, gleich nach der Siebenuhrmesse in der Kirche des Heiligen Josefs der Arbeiter. Aber nun war er hier und saß auf einem Holzhocker an einem riesigen Tisch voller Süßigkeiten (Kokos, Erdnuss, Mandeltörtchen, Kokospudding, Kürbis, eingelegte Feigen), Gebäck (Käsebällchen, Zimtbrot, Brötchen, Weißbrot), Saft (Zitrone, Orange, Trauben-, Erdbeer-, Himbeersirup), Minas-Frischkäse und Kuchen. Senhor Saulo, Dona Rosinha, Dona Eustáquia, ihre alleinstehende Schwester, zwei Katechistinnen aus der Nachbarschaft (Dona Selma, die Mutter von Vilma und Dona Naná), Pater Heraldo. Isaías, Vilma, Virgínia, Pistolinha, Ricardo, Jacinto, Saulinho und Laura: Die APL – Amor, Paz, Liberdade. Liebe, Friede, Freiheit, was für eine Illusion! Dona Rosinha entkleidete die Gitarre, überreichte sie Pater Heraldo, sagte Pater Heraldo, singen Sie uns was. Er, fett und linkisch, zierte sich, sie drängten ihn, er gab nach. Richtete sich in einer Ecke ein, schlug die Beine übereinander, umklammerte das Instrument, ließ der mächtigen Stimme freien Lauf. »Herr du hast am Ufer gestanden / Suchtest weder nach Weisen noch Reichen / Willst weiter nichts, als dass ich dir folge.« Fröhlich klatschten alle dazu.

In die Gruppe aufgenommen sang er im Chor mit, bei der Sonntagsmesse, war bei Picknicks dabei, ging mit zum Schwimmen am Wasserfall, beteiligte sich an der Verteilung von Essen und Kleidung und Spielzeug in den Vierteln am Stadtrand, kam mit zu Besuchen im Krankenhaus. Und jeden Nachmittag nach der Schule: Laura. An der Ecke der ersten Straße der Arbeitersiedlung, wo die Häuser alle gleich aussahen. Im Wohnzimmer ein Regal, zwei Dutzend Bücher, José Mauro de Vasconcelos und Jorge Amado, Harold Robbins und Sidney Sheldon, J.G. de Araújo Jorge und Lobsang Rampa, Carlos Drummond de Andrade und Graciliano Ramos, Neimar de Barros und Pater Zezinho.

»Hast du das alles gelesen?«, fragte er staunend, »Natürlich, die stehen da nicht zur Verzierung ...«. Sie bereitete sich darauf vor, etwas zu werden im Leben. »Laurinha wird Anwältin, sie wird hier nicht Baumwollstaub fressen wie alle. Ich will sie nicht in der Fabrik sehen!« Und Dona Rosinha: »So Gott will, Saulo, so Gott will ...«

In meiner Brieftasche habe ich immer noch ein Bild von dir. Du im Bikini, diesem bedruckten, den die Mädchen spießig fanden, mit einem Diadem auf dem Kopf. Du lächelst. Im Hintergrund dieser Wasserfall nahe der Ponte do Sabiá. Auf der Rückseite steht in Schönschrift: »Für meinen lieben Freund Isaías, von Deiner Freundin Laura«. Und weiter unten in seiner krakeligen Handschrift: »Für Aílton, der es dringender braucht.«

Kannst du dir vorstellen, dass ich in all den sechzehn Jahren ganze drei Mal in Cataguases war? Das erste Mal bei der Beerdigung meiner Tante Cotinha, die mich aufgezogen hat und für mich meine wirkliche Mutter war. Das letzte Mal vor etwa drei Jahren zur Beerdigung ihres Mannes, meines Onkels Juliano, auf der ich zufällig Mirtes traf, die mir erzählte, dass auch du nur selten zurückkommst und kein einziges Mal über früher gesprochen hast. Ich dagegen habe nach Spuren gesucht, nach jedem Einzelnen von der APL gefragt, nach den A-Pe-Ellern, wie sie uns damals verächtlich nannten.

Isaías – ist ins Seminar gegangen, hat sich aber nicht ordinieren lassen, was schade ist. Ich fand immer, dass er wie ein Priester aussah. Anscheinend ist er nun Handelsvertreter in Espírito Santo.

Ricardo – ist nach São Paulo gegangen, hat studiert, ist Zahntechniker geworden und hat eine Praxis in Ubá aufgemacht. Es heißt, er spiele immer noch Gitarre und würde auf Hochzeiten singen.

Vilma – hat sich gehen gelassen, die Arme, wegen diesem Typen, mit dem sie die ganze Zeit auf dem Moped rumgezogen ist, weißt du noch? Er ist Dealer geworden und war in Miraí im Gefängnis. Nach seiner Entlassung ist er verschwunden.

Virgínia – hat geheiratet, hat drei Kinder, ihr Mann arbeitet bei Glyco, sie unterrichtet Mathematik an der Polivalente. Sie leben in Taquara Preta.

Pistolinha – Graciano, stell dir vor, was für ein Zufall. Einmal schlenderte ich die Avenida Presidente Vargas in Rio entlang und hätte ihn fast über den Haufen gerannt. Wir sind uns in die Arme gefallen, ein Bier trinken gegangen. Zehn Stück pro Nase dürften es locker gewesen sein. Er hat erzählt, dass du Literatur studiert hast in Cataguases und später nach Belo Horizonte gezogen bist. Er hat Ingenieurwissenschaften studiert, arbeitete für eine Baufirma, war frisch verheiratet. Er hat mir seine Adresse gegeben, seine Telefonnummer, wir sollten uns mal wieder treffen, wir haben uns dann verabschiedet und nie wieder gesehen. Das muss so zwölf Jahre her sein.

Saulinho – dein Bruder, hat Mirtes erzählt, soll in die Vereinigten Staaten gegangen sein, aber sie konnte mir nicht genau sagen, was er dort macht. Er war ja viel jünger als wir; wenn ich ihn heute sehen würde, würde ich ihn wohl kaum noch erkennen.

Und Jacinto? Erinnerst du dich noch an ihn? Du und er, ihr beiden seid schuld an dem ganzen Elend in meinem Leben, Laura. Du warst eine Krankheit, eine Krankheit, die mich die Freude an allem hat verlieren lassen, die mich glauben ließ, dass die Welt sich auf die kurze Zeit beschränkt, in der ich von dir besessen war, ohne zu merken, dass ich immerzu nur gedemütigt wurde. Deine Sanftheit, Laura, verbirgt eine kleinliche Seele, das habe ich erst viel zu spät gemerkt. Du hast *dich noch retten können, hast eine Familie gegründet, hast deine Vergangenheit begraben, all das, an das ich mich nun wieder erinnere, muss dir heute sehr seltsam vorkommen. Ich bin durchs Leben geschlittert, wie ein Trottel durch die Straßen und über die Strände von Rio getaumelt, habe die Gassen, die Hügel, die Busse, die Taxis durchstreift auf der Suche nach jemandem wie dir, jemandem, der diesen Fluch von mir nimmt.*

Aílton setzte sein Sammelalbum der Weltmeisterschaft von 1970 ein, zwei Bleirohre und einen Kanarienvogel mit Käfig und allem, um die neueste LP von Toquinho & Vinícius zu kaufen. Er konnte seine Aufregung kaum noch zügeln, als er der Verkäuferin sagte »Es soll ein Geschenk sein«. Dann rannte er schnurstracks zu Lauras Haus. Sie saß am Fenster und las irgendein Buch. Er, schwitzend im Februar, die Sonne kochte seine Füße in den Turnschuhen gar, streckte ihr seine Hand entgegen: »Hi, Laura, das hab ich dir mitgebracht.« Sie knickte die Seite um, sprang auf die Straße, nahm das Päckchen und riss das Papier auf: »Aílto, das wär' doch nicht nötig gewesen ...«, sie schob die Tür auf, klappte die Musiktruhe auf, legte die Platte auf, »Komm dich verlieren in diesem Wirbelwind / Und vergiss nicht, zu tun / was dein Herz von dir will.« »Laura, ich ... ich wollte ... also ... fragen ... ob du nicht ... mit mir gehen willst ... Ich rede mit Dona Rosinha ... mit Senhor Saulo ... Ernsthaft ...« Sie lächelte verlegen. »Aílto ... ich ... ich mag dich ja ... das weißt du, du weißt das ... Aber Jacinto ... Wir ...« »Geht ihr zusammen?« »Du bist doch darüber nicht traurig, oder?« »Aber ... natürlich nicht ...« Er holte tief Luft »Hör mal, Laura, wenn irgendwas mit der Platte ist ... Kratzer oder so ... kannst du sie umtauschen ... da im Real ...« »Aílto! He, Aílto!« Aber da war er schon um die Ecke verschwunden.

Aílton pinkelte, wusch sich das Gesicht, ihm war übel, er war erschöpft. Er wollte sich hinlegen, schlafen, aber irgendwas drängte ihn, weiterzuschreiben an dem Brief, seinen Körper in den unbequemen Stuhl hinter den winzigen Tisch zu zwängen, nach dem Bic-Kuli zu greifen und all dieses weiße Papier vollzuschreiben. Er nahm noch einen Schluck Whisky. Die Sirene eines Polizeiautos.

Als ich bei der Bank entlassen wurde, habe ich mich betrunken. Am nächsten Tag bin ich mit einem Kater aufgewacht, im Wohnzimmersessel, den Kakerlaken zum Fraß vorgeworfen, wie man so schön sagt, die Brust wie zugeschnürt, mit einer irren Sehnsucht, komisch irgendwie, das kann ich dir sagen. Ich musste daran denken, wie ich noch in Vila Resende wohnte, an die Hühner, die, wenn die Eisenbahn pfiff, durcheinanderrannten, an den Hund, den ich damals hatte, Duque, von dem ich nicht weiß, was aus ihm geworden ist. Dann daran, wie ich immer zu Tante Cotinha in Vila Teresa ging, an unsere Fußballspiele auf dem Bolzplatz, wie ich Fahrradfahren gelernt habe, wie oft bin ich hingefallen!, an den Unterricht in der Grundschule Flávia Dutra. Ich dachte an die blauen Nachmittage, nie mehr habe ich so schöne Abende erlebt wie damals, ich dachte an die Gänsegeier, wie sie zwischen den weißen Wolken segelten. Aber was mich wirklich geprägt hat, war die Zeit, als ich in der Gruppe mitgemacht habe, ich war so glücklich und wusste es nicht, wie es in dem Lied heißt. Und da überfiel mich das große Verlangen, die Zeit zurückzudrehen, eine so große Bitterkeit überkam mich angesichts des Lebenswegs, den ich genommen hatte, als hätte ich mich unterwegs irgendwo verlaufen. Da stand ich auf und entschloss mich, die A-Pe-Eller wieder zusammenzusuchen, einen nach dem anderen. Ich wollte mich hinsetzen, reden, die alten Zeiten wiederaufleben lassen, etwas wiedergutmachen, von dem ich nicht einmal weiß, was es ist, wieder neu anfangen.

Und der Erste, den ich finden musste, war Jacinto, der war so unglaublich wichtig für mich. Du weißt wahrscheinlich, dass ich aus Cataguases nur weg bin, um dir zu beweisen, dass ich genauso wie er in der Lage bin, es im Leben zu etwas zu bringen. Unsinn war das, das weiß ich heute, aber damals dachte ich noch nicht so.

In Cataguases keine Spur von Jacinto. Vor Jahren schon waren seine Eltern weggezogen, niemand wusste, wohin. Ich erinnere mich nur noch, dass man erzählte, dass er nach Santos gehen wollte.

Aílton ging weiter zur Gruppe – er schluckte die Eifersucht und die Demütigung runter, Jacinto händchenhaltend mit Laura ertragen zu müssen, wie sie miteinander flüsterten, sich draußen in eine dunkle Ecke zurückzogen, ein verschwiegenes Plätzchen beim Wasserfall suchten. Eines Tages würde Laura ihren Fehler vielleicht einsehen, die Bindungen lösen, die ihn erstickten, und er würde ihr zeigen können, wie sehr er gelitten hatte, weil er sie so sehr liebte.

Später, als er keine Zeit mehr hatte, weil man ihn zum Militär einberufen hatte, ging er nur noch gelegentlich in den Gottesdienst. Da erfuhr er, dass Jacinto weggegangen war. Von jetzt auf sofort aus der Stadt weg, um bei der Handelsmarine anzuheuern, so sagte man. »Handelsmarine?«, fragte er ungläubig Isaías. »Aber der ... dieses dürre Kerlchen ... die halbe Portion ... Wie? ... wie?« Er fragte Laura, doch die, ganz verzückt, träumte, »Die ganze Welt wird er bereisen ... Die ganze Welt, kannst du dir das vorstellen?

Eines Nachts erwischte ihn der Sergeant, ein Hohlkopf, der gern auf harter Bursche machte und die armen Teufel da zu verbissenen Verteidigern des Vaterlands machen wollte, Sergeant Oliveira erwischte ihn, als er bei der Nachtwache eingenickt war, und griff sich klammheimlich die Knarre und versteckte sie. Er war aufgewacht, totenbleich hatte er überall nach dem Gewehr gesucht, hatte die Kameraden geweckt, herumgebrüllt, dass es eine Sauerei sei, dass man ihm das Gewehr wiedergeben solle, dass er noch in den Knast gehen würde wegen dieses albernen Scherzes. Die übrigen vier Monate konnte er keinen Schritt mehr aus der Kaserne tun.

Schließlich schwor er der Nationalflagge Treue, erhielt feierlich seine Entlassungsurkunde vom Militärdienst, machte sich auf die Suche nach Jacinto. Der war tatsächlich nach

Santos gegangen. Fuhr schon seit ein paar Monaten um die Welt. Hatte Laura einen dicken Brief geschrieben, fünf Doppelbögen, und weißt du wo aufgegeben?, Italien! Laura kaufte ein Holzkistchen, polsterte es mit bordeauxrotem Samt aus, pinselte es rosa an, abschließbar, nur um ihn als Andenken darin aufzubewahren. Dann kam noch ein Brief aus Griechenland! Er hat wohl den Suezkanal durchfahren!

Er kippte noch einen Schluck Whisky herunter, steckte sich noch eine Hollywood an, eine blaue Wolke tanzte im Dämmerlicht im verschlossenen Zimmer. Im Morgengrauen die Stille, unterbrochen von Zeit zu Zeit nur vom Geräusch eines über den Asphalt huschenden Autos.

> *Ich entschloss mich, meine gesamte Abfindung auszugeben, um mir wenigstens das zu erfüllen, ging nach Santos und musste nicht lange herumsuchen. Das Glück war auf meiner Seite. Oder das Pech? Ich habe ihn gefunden, Laura, nach all diesen Jahren. Und damit du nicht denkst, dass ich flunkere, schicke ich dir seine Adresse: Rua General Carneiro 112, in der Hafengegend.*

Aílton vergeudete den gesamten Vormittag damit, am Hafen den riesigen Schiffen zuzusehen, dem Hin und Her der Container, den Leuten überall, große Blonde, sehr schwarze Schwarze, sehr kleine Asiaten, Prostituierte, Hafenarbeiter. Eine unglaubliche Dummheit, ein Blödsinn, hier nach dem Verbleib von Jacinto zu forschen, ohne auch nur eine Spur zu haben; er würde ihn nie finden. Entmutigt kehrte er in sein einfaches Hotel zurück, aß zu Mittag, verschanzte sich in seinem Zimmer, duschte, schaltete den Fernseher ein, schlief ein.

Am nächsten Morgen schlenderte er unter der Sonne nicht enden wollende baumlose Straßen entlang, an alten Stadthäusern vorbei, die von schmierigen Kneipen entstellt waren, von rauchigen Billardspelunken, zweifelhaften Restaurants, wenig vertrauenswürdigen Pensionen, stolperte auf dem Gehweg über zögerlich demütige Hunde, traurig herumstehende, auf fremde, eilige Kunden wartende Frauen. Stundenlang streifte er so ziellos herum, ganz entspannt, bis aus heiterem Himmel auf einmal ein Sommerregen herabstürzte. Er stolperte los, um Schutz hinter einer engen, zerfressenen Holztür zu suchen. In der Dunkelheit war eine Theke erkennbar, quer durch den Raum, und dahinter auf einem schmierigen Regal Dutzende Flaschen durcheinander, ein Wimpel von Santos FC, ein Foto von Pelé, der einen Ball mit dem Fuß jonglierte, in der Ecke eine Figur der Heiligen Jungfrau von Aparecida. An der Wand drei, vier kleine Tische. Ergeben setzte er sich und bestellte ein Bier. Was zu Knabbern.

Der schmale Mann, glatzköpfig, dünner Schnurrbart, misstrauische Augen hinter Brillengläsern, nahm eine Flasche aus dem Kühlschrank, öffnete sie, stellte sie auf den Tresen und ging mit seinen untröstlichen Füßen schlurfend um den Tresen herum, Abtrockentuch über der Schulter, er stellte das Bier auf dem Tischchen ab, füllte das Glas, ging wieder, wie in Gedanken. Kam wieder zurück, einen Teller mit kaltem, geröstetem Speck in den Fingern, »Noch etwas?«.

Aílton überlief ein Schauder. Die Stimme, die Art ... Er kippte das Glas Bier herunter, steckte sich eine Zigarette an. Sollte er es tatsächlich sein? Nein, nein ... verstohlen musterte er ihn. Der andere zählte, die Fingerspitzen mit der Zunge befeuchtend, die Einnahmen des Tages aus der Registrierkasse. Die geschorenen Haare, dicke Brillengläser, Schnurrbart ... Nein, nein ... Was hätte er hier denn zu suchen, als Kneipenbesitzer? Nein ... Wenn aber ... aus irgendeinem Grund ... vielleicht ein Unfall ... ein Missgeschick ... etwas Schlimmes ... Verstört kaute er auf dem gebratenen Speck herum, die Zigarette verendete im Aschenbecher.

— Was für ein Platzregen, was?, sagte er, nur um etwas zu sagen.

— Schon, sagte tonlos die Stimme, vom Regen erstickt.

— Regnet es hier immer so?

Der unwirklich schemenhaft kaum zu Erkennende hinten im düsteren Raum schüttelte den Kopf.

— In der Stadt, wo ich herkomme, gab es um diese Jahreszeit immer wahre Überschwemmungen!, trieb er aus sich heraus, lauerte auf die Wirkung des Satzes.

Die Hände des Mannes hielten unwillentlich beim Zählen der Geldscheine inne. Erinnerten sich plötzlich erregt anderer Zeiten ... ein ferner Ort ... der ruhige Fluss, aber tückisch, der von einem Moment auf den anderen anschwellen konnte, ungezähmt, bissig ...

— Wo sind Sie denn her, wenn ich fragen darf?

— Minas Gerais, gab er gespannt zur Antwort.

— Aha, aus Minas?

— Ja ... Cataguases ...

— Cataguases?!

— Kennen Sie ...?

— Bin dort geboren ...

Da erhob sich Aílton, ging freudig erregt auf den Tresen zu.

— Jacinto?

Der andere kam aufgeschreckt mit seinen kurzsichtigen Augen heran.

— Wart mal! Aílto? Aílto!

— Jacinto!

Sie gaben sich freudig die Hand.

— Das glaube ich nicht! Junge ... Wie geht es dir denn? Junge ... und dann, aufmerksamer ... natürlich ... Aílto ...

— Das muss gefeiert werden!, sagte Aílton und griff nach der Bierflasche.

— Ich darf nicht mehr trinken ... die Gicht ...

— Ach, aber heute ist doch ein besonderer Anlass ...

Er füllte die Gläser, sie stießen an.

— Caramba, Aílton, du hast dich kein bisschen verändert ...

Na ja, bisschen zugenommen ... zu viel Bier ...

Ach was ... Aber erzähl mal, wie hast du mich hier aufgetrieben?

— Zufällig ...

— Und wie hast du mich wiedererkannt?!

— Ich kann mir Gesichter gut merken. Und überhaupt ... So sehr hast du dich auch nicht verändert ...

— Ach, lass mal ... Ich bekomme ne Glatze, die Augen werden immer schlechter ...

Aílton steckte sich eine Hollywood an.

— Mann, ich kann es noch gar nicht glauben ... Wohnst du hier irgendwo?

— Nein ... bin schon lange in Rio ...

— In Rio?

— Ja ...
— Bist hier auf Urlaub?
— So ungefähr ...
— Und was machst du da so?
— Bei der Bank ...
— Banco do Brasil?
— Nein ...

Jacinto machte noch eine Flasche auf, füllte die Gläser nach.

— Kannst ... Kannst du dich noch an die Gruppe erinnern?
— Die Gruppe?
— Ja, die APL-Gruppe ... in der Kirche ... Pater Heraldo ...
— Ach so, die Gruppe ...

Aufdringlich überspülte der Wolkenbruch den verstopften Kanaldeckel.

— Hast du noch Kontakt?
— Nein ... weißt ja, wie das immer so ist, jeder zieht seiner Wege ... Aber ... und du? Bist du nicht mehr bei der Marine?
— Marine?
— Ja ... Diese Reisen ...
— Welche Reisen?
— Mann, wir haben dich so beneidet ... Während du um die Welt gereist bist, andere Länder kennengelernt hast, andere Leute, andere Kulturen, hingen wir da in unserem Loch ...

Starr klammerte Jacinto sich an seinen Tresen.

— Und Laura erst ... Es heißt, sie soll noch ewig auf dich gewartet haben, dass du zurückkommst ...
— Laura?
— Ja ... dann hat sie es aufgegeben ... hat sich um ihr eigenes Leben gekümmert ... geheiratet, ist weggezogen ...

Aílton steckte sich noch eine Zigarette an.

— Tut mir leid, dass ich das sage, Jacinto, aber ich habe nie verstanden, warum du so plötzlich da weg bist, einfach so, ohne ein Wort ...
— Wieso?
— Ja ...
— Weil ... Weil das alles, Aílto, das ...

Der Regen ließ nach.

— Das alles ... war ... ausgedacht ...

— Wie bitte?

— Die ganze Geschichte ...

— Was für eine Geschichte?

— Das mit der Schifffahrt ... die Reisen ...

— Wie meinst du das?

— Ich habe mir das ausgedacht ... Um Laura zu beeindrucken ... euch alle ... Ich wollte mich wichtig machen ... Habe nicht an die Folgen gedacht ... Um ganz ehrlich zu sein, Aílto, ich habe mein Leben lang keinen Fuß auf ein Schiff gesetzt ...

— Du hast niemals ein Schiff betreten?

— Nie!

Aber? Und die Briefe?

— Die Briefe?

— Ja, die Briefe, die du aus Italien geschickt hast, aus Griechenland ...

— Briefe?

Jacinto kramte in seinem Gedächtnis, *Briefe ... Briefe ...*

— Ach so, die Briefe?! Sind sie denn ... angekommen?!

— Natürlich sind sie angekommen! Das war vielleicht ein Hallo! Laura hat sie überall herumgezeigt ... Ich glaube, ganz Cataguases hat darüber geredet ...

— Angekommen ... Tatsächlich ... Ich ... Ich habe fünf Briefe geschrieben und einem Typen mitgegeben, den ich hier im Hafen kennengelernt habe, einen Matrosen ... Hab ihn gebeten, sie einzuwerfen, wo auch immer er gerade an Land gehen würde ... Ein Spaß ... Hätte nie gedacht ... einfach ein Dummerjungenstreich ...

— Dummerjungenstreich ...

— Ich war so dumm ... wollte ... angeben ... was Besonderes sein ... dann hatte ich Angst, wieder zurückzukommen, und ihr hättet herausbekommen, dass alles nur Lüge war ... dass ich kein bisschen bei der Marine hatte anheuern können ... schämte mich ... hab es vor mir hergeschoben, hergeschoben ... die Jahre vergingen ... ich hätte nie gedacht ... so was ...

Dummerjungenstreich ...

— Dummerjungenstreich?

— Ja. Hätte nie gedacht ...

Da holte Aílton tief Luft, ballte die rechte Faust und rammte sie mit aller Kraft in Jacintos Gesicht. Dessen erschlaffter Leib taumelte hinter den Tresen, mit blutender Nase.

Aílton stürzte zur Tür, der Regen hatte aufgehört. Er ging langsam fort, irgendwohin, um die Pfützen im nassen Asphalt herum.

Jacintos kurzsichtige Augen tasteten den Boden nach der zertrümmerten Brille ab.

Aílton stand auf, machte die Tür auf. Ging taumelnd die Treppe hinunter, stützte sich am Geländer ab. Im verlassenen Vorraum des Hotels schlief der Portier, den Kopf leicht nach links geneigt, auf seinen über den schmalen Holztresen gelümmelten Armen. Er schüttelte ihn, der fuhr erschrocken hoch, die Augen rot aufgerissen. Er nuschelte: »He, Partner, ich muss mal telefonieren. Dringend«. »Geht nicht ... Der Chef ... schließt das Telefon ab. Ich habe keinen Schlüssel ...« »Verdammt! Dann mach die Tür auf, ich suche mir eine Telefonzelle.« Der Junge ungläubig. »Telefonzelle? Um diese Zeit? Bist du wahnsinnig? Das wimmelt da draußen nur so vor Verbrechern ...« Aílton schaute zur Tür aus verdunkeltem Glas. Quer davor ein dicker Holzbalken. »Scheiße!«

Er stieg wieder die Treppe hoch, ging ins Zimmer, kippte noch ein Glas Whisky herunter, steckte sich eine Zigarette an.

Er riss die beschriebenen Seiten heraus aus dem Block, las sie noch einmal durch. Zerknüllte sie. Warf sie in den Papierkorb.

Er riss das Fenster auf, zog aus der Tasche den Zettel, auf den Mirtes die Adresse und Lauras Telefonnummer gekritzelt hatte, zerriss ihn in kleine Stücke und streute die Schnipsel weit hinaus auf die leere Straße.

ZEZÉ & DINIM

(SCHATTEN DES TRIUMPHES VON GESTERN)

»Im Anfang schuf Gott Himmel und Erde. Und die Erde war wüst und leer; und es war finster über der Tiefe; und der Geist Gottes schwebte über dem Wasser. Und Gott sagte: Es werde Licht. Und es ward Licht. Und Gott sah, dass das Licht gut war; und Gott schied das Licht von der Finsternis. Und Gott nannte das Licht Tag und die Finsternis Nacht. Da ward aus Abend und Morgen der erste Tag.«

GENESIS 1, 1–5

Aaaa... haa! – Aaaa... haa! – Aaaa... haa! – Aaaa... haa! – Aaaa... haa! – Aaaa... haa! – Aaaa... haa! So geschehen im Jahr 1960: Februar, Karneval in den Lungenflügeln eines gerade Geborenen.

In Windeln, Puder im Bart voller Bier, Nuckel am schmierigen Band um den Hals, barfuß, säuselte Matias großmäulig Alkoholdunst unter die Nasen der Ärzte, Krankenpfleger, nervöser Eltern, des wachhabenden Soldaten, und doch gelang es ihm nicht, kurz vor Mitternacht durch die Schiebetür zur Geburtsstation zu gelangen. Verscheucht ließ er sich gegen den V-förmigen Pfeiler sinken, der in weiße Mosaikfliesen gehüllt die Kapelle des Krankenhauses stützte. Seine Augen kramten im Dunkel nach dem von Dynamit löchrigen Steinbruch und über die wohlhabenden Häuser der Rua do Pomba, seine Ohren erinnerten sich an das Schwap- Schlaff landete die Zigarettenasche auf den blitzblanken Fliesen, Afonso, der in die Hocke gegangen war, um sie aufzunehmen, spuckte kurz auf die Spitze des Zeigefingers, da hörte er die Frau am Empfang schmal und schwarz lächeln, **Ein Junge! Ein Prachtjunge!, kaum zu**, überrumpelt vom Radau da draußen, ein Wachsoldat im lebhaften Streit mit einem schmierigen, angetrunkenen Typen, albern verkleidet mit Babyzeug. Ärzte, Angehörige und hinzugeeilte Krankenpfleger warfen den Störer hinaus, der sich taumelnd und schimpfend ins Dunkel unter den Ficusbäumen auf dem Parkplatz verzog. Die Beine grünschimmernd

pen des tiefdunklen Wassers des Flusses und die Dämmerung betäubte ihn mit ihrer Stille. Auf das Schimpfen des Paters, **Hat man so was schon erlebt?! Schäme er sich! Los, verschwinde! Verschwinde!**, erwachte er, im Kopf Peitschen, rumorend vom Magen her Reue, verwirrt, was noch einmal hatte er hier zu suchen, so hingestreckt? An die Wand gelehnt überfallen ihn Erinnerungsbrocken: Hatte sich so einiges hinter die Binde gekippt abends am Tresen von Zé Pinto in der Clique am Billardtisch, mit Presidente zusammen gegen Zunga und Zé Bundinha, dann war Dona Zulmira hereingestürmt, aufgewühlt, hatte über die roten Keramikfliesen voller Flecken und Pfützen aus Bier und Schnaps, Rotz und Pisse, fein überzogen von Asche und Kreidestaub, im lauen, von Zigarettenrauch stickigen Schatten gezischt, **Matias, Matias, he, komm schnell runter, Nazaré geht es nicht gut ...** Er aber war beschäftigt, wenn er nur noch die Sieben versenkte, hätte er noch einen Strich auf der Tafel, wäre die nächste Partie rum, die letzte *warum nicht?*, zielte genau, sagte **Ich komm schon, Dona Zulmira, vielen Dank,** fragte er flüsternd, wann er seinen Spross denn zu sehen bekäme. In ihren weißen Kittel gestopft redete die Frau nun weiter, **ein Junge!, kaum zu glauben!, fünfzig Zentimeter, dreitausendachthundert Gramm, ein Samson! Besser erst morgen, jetzt muss sich die Mama erst einmal ausruhen, sie braucht jetzt Ruhe, die Mama, so eine Anstrengung** und war in dem Labyrinth verschwunden, derweil Afonso von Ecke zu Ecke jagte, das Herz wild klopfend in der militärisch geschwollenen Brust, die Gedanken sprudelnd wie ein Wasserfall, voll dummer Fröhlichkeit, so lange zurückgestellt, aufgeschoben zugunsten der Arbeit bei Manufatora, als Vorarbeiter, lauernd, ein Kind auf die Reise zu schicken, das, wie er stolz glaubte, nicht wie er darben müsste, eingeengt, traurig, ein Habenichts. Nein, vor seinem geistigen Auge sah er bereits eine leuchtende Zukunft, den Hintern stramm auf die Kante der lackierten Holzbank im Wartezimmer des Krankenhauses gedrückt, die Augen stumpf auf die blaue Krankenschwester gerichtet, die weiß mit dem Zeigefinger vorm Mund die Passanten um Ruhe bat. Er stand lang-

gehen Sie schon mal vor, ich, aber der Scheiß-Billardstock rutschte ab und die schwarze Kugel kullerte gerade bis kurz vor das Loch, in das Zunga sie dann mit einem Stoß formvollendet hineinbeförderte, demütigend. *Scheiße auch!*, eine noch, hätte vorvorgestern schon längst entschieden sein müssen, kein Gejammer, kein Blablabla, **Einen Klaren noch und ein Bier, »Senhor« Zé**, *das hier ist nix für Anfänger.* Und weiter schossen die Trottel bunte Kugeln über den grünen Teppich und kippten sich Schnaps hinter die Binde, dann war der Leibhaftige leibhaftig aufgetaucht, **Wie sieht's aus? Nix mehr los mit euch?**, alle vier außer Zé Bundinha, der fest liiert war und ängstlich die Angelegenheit für beendet erklärte, waren, scharf drauf, es noch einmal krachen zu lassen, zur Insel gezogen, von wo aus sie nach dem Genuss von Wermut, Fernet, São Rafael, Kokoslikör, Campari, Martini, Underberg, Catuaba-Jurubeba, Maravilha de São Roque, Rabo-de-Galo und einheimischem Whisky, gefärbten Wachteleiern, Salamischeibchen und Schnittkäse, gekochtem Jiló und Hühnerfüßen, Oliven, Kroketten in die Avenida Astolfo Dutra sam auf, drückte sich über den Parkplatz – ein warmer Hauch strich über die Bartstoppeln seines schmutzigen Gesichts – ging in Richtung nach Hause, es war noch Nacht, ein Karussell die Gedanken, DiOnÍsIo, dIoNíSiO, DiOnÍsIo, *Dionísio soll er heißen; wenn es ein Mädchen wird, Iracema; wenn es ein Junge wird, Dionísio, wenn es ein Mädchen*, so hatten sie geplant, seufzende Hände, das Sofa mit den unter der Last der Verantwortung gebrochenen Federn hin und her bewegend. Die Sirene um halb sechs rüttelte seine unausgeschlafenen Schultern, Afonso schob den Stuhl zurück, weg von dem verkrümelten Tisch mit dem Brot von gestern, mit dem Messer, das in der Margarine steckte, dem herumliegenden Tauchsieder, einer mit Zucker und Kaffeepulver verklebten Dose, dem Kaffeeseiher, von dem es wie von einem Galgengestell noch heruntertropfte, einem Wasserglas mit Spuren von Milch und voller Ameisen, Ameisen, Fliegen und Fliegen. Dionísio! Dionísio, ein prächtiger Name, deswegen!, klingt siegreich und kraftvoll. Die Frau hatte anfangs nicht nachgeben wollen Antônio Correia da Silva Neto, war

gezogen waren, aufs Pflaster und zu den Reco-Recos. Zwei Mal wirbelte Matias um sich selbst herum wie ein Holzkreisel, um Witzbolde von sich fernzuhalten, die **!hooooooo!** mit dem Zeigefinger durch die Spalten seiner aus vergrautem Laken gebastelten Riesenwindel nach seinem Hintern stocherten, **!heeeeee!**, *was soll das?*, **Verdammt! Scheiße!, was soll das verdammt noch mal!**, war zu Boden geknallt, hatte sich Ellenbogen und Knie aufgeschlagen. Torkelnd umfangen von einer mit Lappen gestopften Windel um Hintern und Brust, Kissenbezug um den Kopf, war er auf **Zé Preguiça!** gestoßen, **Zé Preguiça, Caramba!, mein Bruder!; Matias, halt!, halt, Matias! hör mir zu, hör mir zu, Matias, verdammt!** *Matias ... ein Junge ... jawohl, es ist da ... Nazaré will*, ja!, ja!, hatte sich mit blödem Blick auf den Randstein gehockt, *ein Junge, mein Gott! es ist ein Junge! ein Junge!*, und wie das Quietschen der Federung vom Karren des Milchmanns gelacht, He, Protásio, der Stammhalter ist da!, hatte er brüllen wollen und Bekannte und Wildfremde grüßen, guten Tag!, guten Tag!, mein Kind ist da!, mein Kind ist geboren!, doch sein stur wie ein störrischer Esel geblieben, Genug, und kein Wort mehr darüber. Aber wie, kein Novais? Dionísio da Silva Novais, was? Zum Teufel! Was für eine tolle Frau, Mann! Sie stritten so ... Nächte, in denen sie sich zur Wand drehte, eingeschnappt, unter dem gut, ist ja gut, aber Frechheit!, er aus dem Ehebett aufsprang, zum Rauchen ins Wohnzimmer ging, die Nacht um den Kragen schnaufte, die Sterne, die Wolken, der Mond, das zu frühe Krähen eines Hahns, und dann eingenickt war, gähnte, als der Morgen ihn weckte mit Vogelgezwitscher, Stimmen, Geräuschen. Aber Iracema hatte die weiße Fahne gehisst und vorgeschlagen: António Dionísio. Auf dem Weg zur Fabrik, mit abgetretenen Sohlen, Fahrrädern mit Männern und Frauen begegnend, es war Aschermittwoch, wer eigentlich soll das Kind taufen?, wer?, so wie die Frau es mit ihrer Verwandtschaft hat, Taufpatin wird Sandrinha, ein Mädchen!, zehn Jahre alt!, wo gibt es denn so was?, nein!, was konnte er dem denn entgegnen, streitlustig wen vorschlagen, vielleicht Senhor Dércio aus der Buchhaltung, der hat sogar Telefon, oder Doktor Romualdo den Arzt, Stadtver-

Kopf!, klebriger Geschmack im Mund, die Knie weich, ließ ihn verstummen, Zyperngras dabei beobachten, wie es aus den Ritzen zwischen den Pflastersteinen spross. Bleich streckt die Sonne sich aus, scheucht das Vogelgetier auf, das in den Bäumen auf dem umzäunten Gelände eng beieinanderhockt, und lässt vor Freude die Brust bersten.

ordneter oder, warum nicht?, Professor Manuel Prata, einer der Ehrbarsten, mächtig, Herr und Besitzer von Arbeitsplätzen, Fabriken und Beziehungen zu guten Schulen, von Straßen und Neubaugebieten, von Zukunft und Gegenwart ... Streit würde es geben, aber das Sakrament für die kleine Schwägerin, die so unwichtig wie, ja das Sakrament!, er schob die Karte in die Stechuhr, Baumwollduft in den Lungen.

0. PROLEGOMENA

Kaum hatten sich die Schatten verzogen, das große Blau, tastete der Blick des Jungen schon nicht mehr nach der welken Brust der Mutter, die schon wieder schwanger war. Von Wehweh zu Wehwehchen – stechende Ohrenschmerzen, schreckliche Koliken, Übelkeit, Durchfall – tapste er kriechend über Flickenteppiche in Harlekinfarben auf dem feuchten, unebenen Boden in einem winzigen, zusammengezimmerten Laufställchen, roch nach weichem Butterkeks, nasser Pipiwindel in einem Keller in Zé Pintos Gasse, an dessen Wänden das Wasser herabsickerte. Brüllte Gehätschelt wärmte er selten das Babybett, immer in den Fängen der Tanten im heiratsfähigen Alter, die um ihn bei der Mutter anstanden wie auf dem Jahrmarkt dududu, heititei, dididi und nununu, bis es selbst seiner Patin, der armen Sandrinha, dem Nesthäkchen, zu viel wurde, zum Verdruss seines armen Vaters sowieso, *ihr macht mir den Jungen kaputt mit der Hätschelei* ..., der sich schließlich doch fügte, nur seine Meinung und nichts maulte und, das war das Wichtige, jeden Zehnten das Geld aus dem mattbraunen Umschlag zählend die Apothekerrechnun-

dort voller Verzweiflung, die Ärmchen flehend ausgestreckt nach Umarmung, Rotznase, Wunden, die sich nie schlossen, methylviolett, ahnte Geräusche – das Schlagen der Wäsche im Zuber – und Farben – Sonnenstrahlen drangen durch das Gewirr aus Blättern und Zweigen des Avocadobaums, Spinnweben schimmernd wie Regenbögen. Seinen Vater sah er nur selten, manchmal hustete er im Schlaf eingehüllt in den Alkohol seines Atems, das schreckte ihn auf, bis vom Waschwasser runzlige Hände ihn aufnahmen und wiegten. Und Geschwisterchen landeten bündelweise eins nach dem anderen, Bauchnabel grad abgeheilt, Nabelschnüre vergraben am Bretterzaun, der die abblätternde Wand, an der nicht einmal Kalkfarbe hielt, von den Treppen abgrenzte, über die Geschichten auf und ab stiegen und über die er eines Tages zu fliehen träumte, weg aus den unnachgiebigen Händen der Mutter, die auf jedem nur möglichen Weg auf seinen Pobacken landeten, wegen jeder Kleinigkeit, und aus den Henkersarmen des Vaters, der mit dem Stecker der Bügeleisenschnur, mit dem Besenstiel, mit dem gen bezahlte – Zeug für ins Gesicht zu schmieren, Zinksalbe, Faltencreme, Rosenwasser und anderes für den Hintern des Jungen, Mandelöl, Gummihose, das einzige richtige Medikament, die Beruhigungsmittel, *die Nerven, wie immer!* – den Milchmann, die monatlichen Rechnungen im Einkaufsladen, am Kiosk, was im Heft der Avon-Verkäuferin angeschrieben war und auch die Raten bei Casas Philippe, die Miete und Wassergeld, Kleinigkeiten und Überflüssiges, Süßes, allerhand Zeug, das den noch nicht richtig fertigen Monat drückte und über den Rand des Kalenders hinausschob, die Angst, einem Schuldeneintreiber in die Arme zu laufen, Albträume befielen ihn in den eigenen vier Wänden. Und um des lieben Friedens Willen ging er dem Streit im Haus aus dem Weg, hätte es nicht ertragen, seine Frau zu betrüben, so schwach bei Verstand, äußerlich so gepflegt wie ein Porzellanpüppchen. Ertrug sie, das Geschwätz und die Blicke der Schwestern in ineinander verschachtelten Zimmern, die Nörgelei!, sich dem Jungen zu nähern gelang ihm nicht, **Bakterien!**, tanzten sie aufgeregt und ver-

Gürtel, was auch immer zur Hand war, auf ihn einprügelte und Striemen in sein Gesicht auf den Rücken die Beine die Brust auf den Kopf zeichnete, hinter ihm herjagte, besoffen, ihn unter der Mutter hervorzerrte, die ihn mit geschwollenem Bauch ungeduldig in die Fänge dieses Mannes schob, den er, das schwor er sich, eines Tages

scheuchten ihn in die Ecken, kein Radio, nicht niesen, **Du weckst Dinim!** Dinim, sein Dionísio! Antônio Dionísio wie es in der Geburtsurkunde stand als Zugeständnis an den Schwager, Gott habe ihn selig!, dahingerafft von einem Hirnschlag. Dinim ... Dinim ... ein Kostüm zu Konfetti zerschnipselt.

1. HEROLD VOR DEN TOREN DES MORGENS (AUGUST 1967)

»José Teixeira Pedro!«

»Anwesend!«

Durch das Loch in der gesprungenen Scheibe picken zwei Schmuckpfäffchen auf der Fensterbank, Hätte er jetzt eine Zwille! Der Singsang von Dona Aurora, **Maria Aparecida Albino! Anwesen** klebt an der Schwüle des Nachmittags. Hastig schiebt Schweinchen Schlau die zwei anderen ins Backsteinhaus. Der Tag sammelt die Wolken ein. Füße und Gesicht frisch gewaschen, der Mittag noch in der Zinkschüssel funkelnd, zwängt er sich in die Schuluniform, blaue kurze Hose weißes Hemd, auf der Brusttasche G.E.F.D gestickt, die schrundigen Füße tanzen in zu großen Gummilatschen, **rausgewachsen, vielleicht passen sie einem anderen**. Blödmann!, mit dem er die Schulbank drückt, Blödmann!, Antônio Dionísio, **Antônio Dioní, Anwese**, Kleine Schwuchtel! ... in die Fresse ...

Alles fremd: Schule, Stadtviertel, Lehrerin, Mitschüler, alles. Grad noch hatte er Handflächen, Fußsohlen den steilen Abhang hinunter aufgeschabt hinterm Haus in Matadouro, Krümel aus Glimmer funkelten in der gelbroten Erde, **Du fällst da runter, Dinim!** Mutter im Fensterrahmen mit aufgerissenen Augen lauernd, verschlossen, andauernd vor Krankheiten Angst, Panik davor, überfahren zu werden, entsetzliche Furcht vor dem Himmel, der jeden Augenblick einstürzen konnte, verkrochen in der hintersten Dämmerung des Zimmers, niemanden sehen, hatte Gefallen gefunden am Irresein, Familienleiden, wie es der Vater flüsternd resigniert nannte, wenn Besuch da war, der selten kam. Manchmal musste er sie, weil sie aufsässig wurde, einliefern nach Juiz de Fora ins Sanatorium, für eine Weile weg, angriffslustig, von Hühnerstall zu Hühnerstall mit der Nachbarschaft und den Gevattern und sogar der Verwandtschaft in langer Abwesenheit, Eugenópolis. Wenn sie zurückkam, dann blöde im Sprechen, den ganzen Winter lang Arme wie Peitschen so abgezehrt, Krampfadern der Depression. Lehnte sie sich zurück, fielen ihr die Augen zu. War doch früher nicht so, Mutter?, Erinnerungen zusammengetragen in einem Nähkästchen? Die Schwester?, Lippen und Flieder in einer einzigen Farbe, Ätznatron wie Feuer durch die Kehle? **Du fällst noch**

Es klingelt zur Pause, hungrige blauweiße Kinder rempeln sich Ellenbogen an Ellenbogen in der Schlange vor der Essensausgabe, eines nach dem anderen bekommt eine Tasse mit wässrigem Maisbrei, sie verteilen sich über den Schulhof, Gezeter, die Schatten halb drei. Zézés pechschwarze Augen jagen nach dem Mitschüler, erspähen ihn in der Ecke zusammengekauert, auf dem Schoß die Frühstücksdose, *Klugscheißer!, Pass auf!*, er scheucht den Staub des Gerennes beiseite, baut sich neben dem Kieshaufen auf, fragt **Was hast du?** von oben herab. Ängstlich durchforschen die Hände das trübe gewordene Plastik, holen eine Banane heraus, zwei Salzkekse mit ranziger Butter. **Lass uns tauschen!** grinst Zezé. Der andere schaut ihn verständnislos an. **Los, gib schon!** schnappt sich die Banane, schält hastig, schluckt sie fast ohne zu kauen herunter. Nimmt die zwei Kekse, schiebt sie sich in den Mund, Krümel an Lippen, Nase, im Gesicht. Dinims Wut schaukelt sich hoch, die harte Ecke der Frühstücksdose schlägt in Zezés Stirn, der sich mit einem Au! zu Boden fallen lässt.

Eine Schan, der erste von drei Schlägen der Pendeluhr schreckt die Fliegen auf, die auf die Ränder der dicken Bücher mit roten Umschlägen in den Regalen mehr zur Verzierung kackten, **So was**, Zezé Ekelgefühl **mit einem anderen,** Zittern, Dinim, **die Hände!**, die Direktorin, Dona Darcy, stand auf, ging um den massiven Schreibtisch aus brasilianischem

Nussbaum herum, **Die Hände!**, wiederholte sie ungeduldig, drohend, streng. Ergeben streckte Dinim seine aus. Im Magen flau, die Ameisen auf dem Fußboden zählend, zeigte Zezé seine zerkratzten Finger vor, **Gut! Ihr könnt gehen** er wand sich, hielt sich den Bauch, ging in die Hocke, Erbrochenes quoll ihm aus Nase und Mund. **Lieber Gott! Dieser Junge! Nur Sorgen! Nur Sorgen!**

Die Hemdsärmel um den Hals gebunden, Umhang des Schwarzen Ritters wogt ins Gebüsch, weicht den Pfeilen der Komantschen und Apatschen aus, uh-uh-uh-uh-uh-uh-uh, die Wilden sind hinter ihm her, **Dinim! He, Dinim!** ***Wo hat sich das Balg jetzt schon wieder verkrochen, herrje!?*** **Dinim! He, Dinim!** Ausgestreckt, Zweige bewegen sich, *Wind?*, Kapuzineräffchen recken sich gegen das Blau, ein Faultier misst die Entfernungen, Vater, gibt es da oben Wölfe?! Wildhunde?, Ozelots?! Irgendwann einmal Gürteltierspuren gesehen Neunbinden-Gürteltier! ein anderes Mal eine Echse Eidechse!, eine Schlange, eineinhalb Meter lang Jararaca! um ihre Beute geschlungen: Urutu, Lanzenotter!, Skorpione, Gürteltiere, kein Mähnenwolf, nirgends Indianer, der Vater hat seine Arbeit verloren als Vorarbeiter bei Manufatora, hat zu oft gefehlt, Mutter hat den Verstand verloren, so viele Ausfälle ***alles: anstellungwohnung-schulefreundemutterfamiliefreude: alles*** **Dinim!**

Striemen von Quittenreisig über dem Rücken, die Mutter brüllte, **Was hat dein Vater gesagt?, Teufel! Dein Vater hat es dir gesagt!, Miststück!, dass er dich kurz und klein schlägt, wenn du nicht zur Schule gehst? Hat er es dir gesagt oder nicht? Na? Du Miststück!** An der feuchten Wand fertigen Zezés Finger geflügelte Pferde, uneinnehmbare Festungen, ferne Königreiche. In der Nacht seufzt das Zimmer weiblich: Im Stockbett unter ihm schwitzt die Schwester in die Matratze aus Stroh, hustet, die gegenüber hat Ohrenschmerzen, der anderen kommen die Zähne, im Bettchen im anderen Zimmer wird eine noch immer gestillt, wimmert im Bett der Eltern. Ein paar Schritte weiter ein Radio, Gerenne zur falschen Zeit plop! reift eine Avocado, eine Stechmücke, die Hausaufgaben

2. EINE TASSE VOLLER GEHEIMNISSE
(JUNI 1968)

Neben den Stuhl balancierte Dona Darcy beflissen das Bild des Generals Costa da Silva mit grüngelbem Band, alle Schüler stillgestanden, Staatsbürgerstunde, **Vom sanften Rain des Ipiranga hööööorten den**, kreischende Stimmen, geballter Hunger, Mittag im Kopf köchelnd, zwei Mal war Zezé umgefallen, andere Zeiten, stellte sich gerade, Geschrei, **José Teixeira Pedro!**, Schläge, **Stück Scheiße!, zu faul in der Schule? Wirst schon sehen!**, Demütigung, **Arme Leute, kein Essen im Haus, Arme Leute!** Sehnsüchtig horcht die rechte Hand am Herzen. Weiter vorne Dinim, kräftig, gesund, fällt auf, **Des Heldenvolkesaufschrei widerhal-len!**, er furzt, gekochtes Ei, Freunde wie Pech und Schwefel, Fußball, Drachensteigen, Murmeln, Fangen, Verstecken, Angeln, im Rio Pomba schwimmen, zerbrochenes Fensterglas, Kino, Sammelbildchen, gebrochener Arm, auch ein Zahn und ein Geheimnis: σ νχ ωσ δξαρ ε σρρ εαμ οουιοσ

Die schwarze Nacht peitscht die Nerven und Zezé schleppt seine Widerspenstigkeit über den Gehweg von Vila Teresa. Lauert im Hinterhalt Kindern auf, die sich verlaufen haben, Dinim als zitternder Köder: stellt sich in den Weg, stichelt, reizt, provoziert, dann kommt Zezé aus dem Schatten, richtet sich auf, zieht dem Arglosen eins mit dem Knüppel über, schon sind sie weg, geben atemlos den Baumstämmen auf dem umzäunten Gelände die Sporen. Wo sich das Licht von der Straßenlaterne in rauschenden Blättern verliert, kackt er hin in Erwartung auf einen, der müde von der Spätschicht in der Fabrik in den Haufen tritt und wütend die dunkle Masse vom Schuh schütteln will, empört schimpft, stinkend, blöd kichernd. Aus seiner Hand fliegen Steine gegen die wenigen vorbeifahrenden Autos, von oben aus den höchsten Ästen des Johannisbrotbaums, dessen Arme sich über die Straße ausstrecken. Erschlägt Ratten und Katzen, um sie an eine Kordel gebunden hinter sich her zu ziehen, um junge Frauen zu erschrecken, in der Hoffnung auf einen Blick unters Kleid, unter den Rock. Und Dinim macht Zezés Streiche ohne zu fragen zu seinen, die List, seine Kühnheit, Verwegenheit, seine Begeisterung. Wenn es sein müsste, würde der eine sich für den andern aufopfern und umgekehrt.

Im Keller spät wartet eine Mutter, herzschwach, Atem nicht für zwei Treppenstufen, blaue Ringe unter den tiefliegenden Augen, fahles Haar, die schwarze, löcherige Wolle der Jacke aus der Kleiderspende über den frierenden Blusenärmeln, lehnt in der Tür, legt sich ins Bett, *wo ist das Miststück? wo ist er, verdammt?*, lehnt sich gegen die Tür, *wo ist der Herzlose?* Essigluft, **will er mich vor Sorge umbringen? Will er das? Verdammt noch mal!**, brüllt, kreischt mit dem Gummipantoffel, *hätte ich Kraft, Gott!*, farblose Lippen *was soll bloß aus ihm werden?*, ein ungezogener Hund, mustert sie spöttisch mit dem Blick des Herumtreibers, verachtet sie und sie beklagt schnaufend den Tag, an dem er zur Welt kam, **Was habe ich bloß getan, Gott?, was habe ich getan?**, in der Dunkelheit richtete der schmale Körper die Flickendecke, erschöpft neigt sich der Tag seinem Ende zu, morgen, gereizt, Pochen im Kopf, wird der Vater ihn nach dem Boldo-Tee mit dem Riemen in der Hand wecken, ihm die Schwarte versengen, die Ohren langziehen, in den Hintern treten. Dinim hat es gut ...

Dinim hat es gut, Mutter im Sanatorium, weil sie Geld zum Fenster rausschmeißt, dem Vater ist alles egal, keine Arbeit, mal hier was, mal da, das gerade zum Essen reicht, keine Hand, die mal für Ordnung sorgt, horcht in der Nacht, wenn der Junge kommt, Schritte, das Geräusch von Deckeln, die von Kochtöpfen gehoben werden, klack, klack, klack, alles leer, das Feuer im Herd erloschen, die Töne aus fernen Geräten verstummen, kein Antrieb, die Decke zurückzuschlagen, ihn anzusprechen ***So spät kommst du heim, Junge?*** zu schimpfen, um ihn dann sanft zu tadeln, ***du Strolch!*** und das Licht anzumachen und die Zigarette anzuzünden und sich auf den Hocker zu setzen, ihn auf den Schoß zu nehmen, Rühren wir uns was zusammen?, die Augen immer hübsch offen, mein Junge!, und so groß und so durchtrieben, und die faulen Zähne reißen Brocken von einem Brot mit Ei, das noch vom Vortag übrig ist, dann legen sie sich wieder hin, wälzen sich schlaflos, der Vater nebenan senkt die Glatze ins Kopfkissen. Zezé hat es gut ...

3. MEHR
(JULI 1996)

Verschränkt schirmen die bibbernden Arme die Kälte ab, ergeben sich magere, gräuliche Schienbeine dem beißenden Schotter, der sich aus den Ritzen zwischen dem Pflaster drückt. Barfuß gehen die schmerzenden Fußsohlen weiter, Angelrute über der Schulter, in der Hand mit den dreckigen, eingerissenen Nägeln die rostige Dose mit Regenwürmern. Die Aufmerksamkeit streift über das Grau rundlicher Wolken, das Rot griesgrämiger Dächer mit Tauben darauf, das Grün der von Vögeln bevölkerten Drähte. Sein Hosenboden wird sich in das dürre Gestrüpp unten am Ufer des Pomba kauern, im Ohr das sanfte Rauschen des Wassers, in dem keine Fische sind, gegenüber der Busbahnhof wie ans Ufer gepflanzt, Hausgärten, die Stadt von ihrer Rückseite, Gestank nach Scheiße und Fett, weiter unten kotzt aus der Mündung des Meio-Pataca das Gift der Papierfabrik, Dynamit sprengt im Steinbruch: nur eben gerade nicht. Eben gerade richtet sich seine Aufmerksamkeit auf die, die das Fenster von Dona Iolanda Mit dem schwarzen Bleistift HB in der Nase, im Ohr, im Mund popelnd, die pochenden Zehen eingezwängt in Schuhe ohne Erinnerung, beobachtet Dinim die Staubflusen, kleine, sich abseilende Spinnen Hauptstädte der Bundesstaaten und Territorien tick-tack-tick-tack-tick-tack **Also?** Der Busen von Ana Lúcia, Zähne kauen auf Nägeln, **Fertig?**, nein, noch nicht, überlegen, dass keiner ihn an den Ohren zieht, plötzlich?, Angeberin, nur wegen des Büstenhalters ... die Schwesternschule ... Stipendium ... nicht mehr raus auf die Straße ... was Besseres also, Privatlehrerin, Kneifzange macht rote Flecken an Armen und Beinen, **Also?** (der Vater hatte bestimmt: Aufnahmeprüfung, Dinim aus dem Colégio Cataguases *Stell dir vor. Es im Leben zu etwas bringen!* brüstete er sich, wie neugeboren, Iracema Visionen brütend in einer traurigen Zelle in Juizdefora im Sanatorium, blauschimmernde Haut, Haldol ausdünstend, weißer Psychiatriekittel, Ihre Gemahlin ist in düstere Schwermut versunken ... Wird kaum wie-

belagern, die Hintern rausgestreckt, Knie am rauen Verputz, wie gebannt. Zezé zieht dem einen, dem anderen die kurzen Hosen herunter, der lässt los, landet irgendwie auf dem Zement, steht auf, wütend, doch sieht dann Zezé böse gucken **Is was?**, und da ist der Junge ums Eck, reibt sich die Gedanken. Gespannt sieht er, wie sich auf dem verregneten Bildschirm aus waagerecht zitternden Linien eine Rakete löst und ein Modul gebiert wie eine Spinne, das langsam hinabsinkt bis über das Meer der Ruhe. Tag zwanzig. Nicht mehr lang, dann geht wieder die Schule los. Zezé hopst zum Fluss runter und träumt von gigantischen Welsen an seiner Angel, Traíras in Hülle und Fülle, Piabas, obwohl er weiß, dass es nur winzige Lambaris sind, Buntbarsche, Stechwanzen oder schlimmer, die Haut wird zerstochen von Kriebelmücken, Blattschneiderameisen, Feuerameisen, Stechmücken, Fußpilz zwischen den Zehen, eine Erkältung, eine Not …

der herauskommen, schaute eines Morgens, welches Haar auf dem Kopfkissen lag und dass. Hässlich ist unsere wenn auch bescheidene Gewissheit. Sagte, entsage dem Siechtum!, trennte sich von Haar, Bart und Zorn, bat von Fabrik zu Fabriktor um Arbeit, versprach, mit einmal verjüngt, träumte schon davon, umzuziehen, nicht mehr so oft nach Matadouro zu müssen, wo die verachtenswerten Silva Novais hausen, als sei er schuld am Wahnsinn der Frau und nicht das miese Blut der Familie, den Jungen verlangten sie wieder, überzogen ihn mit Verdächtigungen, Unterstellungen der schlimmsten Art und) **Fertig?** Dinim zielt auf das ovale Bildnis von Herrn Marciano, Ana Lúcia schnauft böse, **Fertig?**, blöde Kuh!, er hat sie einmal gesehen, wie sie im Garten hinter dem Haus in der Sonne briet, im grünen Bikini ausgestreckt auf einem Handtuch auf dem Zementboden, Coca-Cola, um schneller zu bräunen, daneben, sogar ein paar Haare glaubte er gesehen zu haben, **Gesehen?**, *Dona Marta!* **Was ist, Mutter? Der Astronaut … landet gleich auf dem Mond …** Nahm das Heft, die Bücher und rannte: Das Ende der Welt!

4. OMA KOMMA
(OKTOBER 1969)

Die Nachricht verbreitete sich in Windeseile: Ein gewaltsam ums Leben gekommener Toter lag im Schuppen des Krankenhauses!

Das Lauffeuer sengte auch Zezé an, der gerade aus der Hocke Glasmurmeln versenkte (er besaß eine amerikanische und eine gemusterte, beide tadellos). Das Spiel wurde abgebrochen, sie tauchten auf aus der Gasse, die Treppe rauf »... wer zuletzt kommt, ist die Frau des Paters!«.

Die Buchstaben und Ziffern in Dinims Buch tanzten wie am Trapez, Augenlider übersahen die Seiten Moral und Gesellschaft, Mathematik, Portugiesisch, Sachkunde, Dona Marta und Ana Lúcia, Knopffußball, Kopfnüsse.

Dreizehn Stockwerke hoch soll das neue Krankenhaus einmal werden, *Ach was!* widersprachen die einen, höchstens neun, *Kann doch sein!*, insistierten die anderen, jedenfalls, wird wohl nie über den Rohbau hinauskommen. »*Von entscheidender Bedeutung für die gesamte Region*«, brüllte der Bürgermeister im Radio Cataguases, »*Geschwätz!*«, ärgerten sich seine Gegner, allen voran Apotheker Geraldo. Ein Stück des Altbaus war schon zu Trümmern zerfallen, durch die jeden August der Wind pfiff. Darüber ein Holzdach, ein provisorischer Lagerraum, ein Totenhaus.

Zwei Wachmänner, Knüppel in der Hand, murrten herrisch herunter von einem ausgewaschenen Abhang aus gelber Erde, zertrümmerten Ziegelsteinen, abgebrochenen Säulen und Zementbrocken. Vom Gewimmel der Kinder, Tagediebe, Neugierigen, Fantasten und sogar Menschen, die sich aus den Fenstern ringsum lehnten, trennte sie nur ein Zaun aus nachlässig gezogenem Stacheldraht. Einer, der die Gelegenheit witterte, hatte schon einen Handwagen mit Eis angekarrt.

Die kleine Menschenansammlung erging sich in Spekulationen. Zezé verwob alle Fetzen zur Flickendecke: der später sterben sollte, war aus dem Seitenpfad durch das hohe Gebüsch gehastet, als er an der Kreuzung unter einem Baum einem Fremden begegnete, und der hatte seine Frau dabei und dachte sich sonst etwas und hat mit dem langen Hackmesser achtzehn Mal zugeschlagen und ihn da liegen lassen, den trockenen Boden ganz eingesaut, und dann war einer erschrocken, hatte die Beine unter den Arm genommen und die Polizei gerufen, die nun hinter dem Mörder her war. Er wollte den Toten sehen. Er umrundete die Baustelle, mit Feldhacken wird Beton gemischt, mit Eimern auf schwieligen Schultern getragen, Hämmer prügeln auf Nägel ein, he! und hallo! Ohne sich anzukündigen, ging er über die Baustelle, dribbelte um leere Essensbehälter, Feuerstellen, schimpfende Vorarbeiter. Schlüpfte hinter dem Schuppen raus, wo nichts bewacht war, und erklomm, das Herz kurz vorm Zerspringen, die Beine trugen ihn kaum noch, den kleinen Abhang, schlüpfte zwischen den wurmstichigen Brettern durch, lugte durch einen Spalt: Wenige Meter nur von ihm entfernt tunkte ein Krankenpfleger (?) Mullbinden in eine kleine Metallschüssel und reinigte geduldig, eine nach der anderen, die unzähligen Fleischwunden, die den dunkelhäutigen Mann zeichneten, der auf einer Bahre lag, den Kopf baumelnd, die Augen weit aufgerissen, wie bei einem mit einem Besenstiel erdrosselten Huhn. So gebannt war er, dass er die Pranke überhaupt nicht bemerkte, die ihn am rechten Ohr fasste, und auch nicht den Fußtritt, der seinem Hintern so Feuer gab, dass eine abgetretene, ausgeblichene Gummisandale das Weite suchte.

In der Nacht auf dem Bürgersteig dann sagte Dinim, **Nein und nochmals nein, Dona Marta hat es im Radio gehört**, Zezé dagegen: **Aber ja doch, ich hab es doch selbst gesehen, frag die Leute.** Und breitete seine Geschichte aus: der dann umkommen sollte, kam schnell aus dem hohen Gebüsch über den Pfad, als er dem Kerl begegnete, der mit seiner Frau unterwegs war, und dann sah er den Fremden, maskiert, auf der Kreuzung unter einem Baum, und der Kerl schwang das lange Hackmesser, vierhundert Mal und ließ ihn da liegen, den trockenen Boden völlig einsauen; später hatten dann welche, die dort zwischen den Gräben das Feld roden wollten, die Geier gesehen, so viele, dass man erst einmal alle verscheuchen musste, mit Fußtritten und Schlägen, um zu sehen, was sie da zum Fressen gefunden hatten, und trotzdem hatte auf dem Weg zur Polizei die ganze Zeit noch eine stinkende schwarze Wolke den Typen verfolgt.

5. ATOMHERZMUTTER
(OKTOBER 1970)

Die dreckigen Hände von Dinim, dem König des Knöpfeschnippsens auf dem »Spielfeld« bei Gildo zu Hause, reingespuckt, verrieben, zur Muschel geformt, wandten sich ab: Majestät Mundgeruch! Sah den Hieb nicht mal kommen. Nacht quoll aus seiner Nase. Als es wieder Morgen wurde, hob er den Kopf, der Zezé, **Besser?** *Wo sind die Bildchen?*, glaubte er gefragt zu haben, **Besser? Die ֍ [⩘ ★ ⌇ ֍ ⌴ ⁙ ⊕? Was?**

Zezé zeigte auf seiner Handfläche den mehrmals mit Gummiband eingewickelten Stapel Fußballbildchen und gab Dinim seine Männlichkeit zurück, **Das waren viele!**, schätzte er und entdeckte an seinem Handrücken Blut, **Jede Menge!**, noch schwindelig, **Alles da?, War nur einer**, erwiderte Zezé verächtlich und ließ den Stapel auf dem Bürgersteig liegen. Dinim stand auf und folgte dem früheren Freund mit den Augen, wie er in Richtung der Gasse ging.

Im Juni, ausgerechnet am großen Tag, hatten sie sich zerstritten. Die Welt brüllte sich heiser mit all den Raketen, Kanarientrikots in olympischer Runde um das Azteca-Stadion, nach dem nie ausreichend gewürdigten Comeback, und gingen jeder nach einer Seite und schworen Rache. Kapitän Carlos Alberto in Umarmung mit dem für immer errungenen Jules Rimet, *der Weltmeisterpokal gehört uns / Wir Brasilianer / sind nicht zu schlagen,* und sie sammeln bittere Tränen. Scheiß Itaker, allesamt, auch Herr Pantaleone vom Zeitungskiosk, der sich mit Besen und Wassereimer den Pöbel vom Leib hielt, gedemütigt, zu Tode beleidigt, und sie überlegten sich Täuschungsmanöver.

Der Sonntag, der sich wie von Zauberhand überhöhte. Zezé überschwänglich, als ihn sein Vater nicht wie sonst mit Ohrfeigen weckte, sondern mit einer zärtlichen Handbewegung über den Kopf, was so selten vorkam, **Heute, mein Junge! zeigen wir es ihnen!** Gemeinsam waren sie die Stufen aus der Gasse hochgegangen, **'Tag,'Tag**, ohne auch nur daran zu denken, wenigstens einen Happen Polenta mit Milch und wässerigem Kaffee zu sich zu nehmen: der Himmel war strahlend blau. In Gemischtwarenladen »Brasil« hatte der Portugiese Senhor Antônio einen nagelneuen Fernseher aufgestellt, Colorado RG, damit die Kundschaft dort die Weltmeisterschaft sehen konnte: vom Bürgersteig bis zur die Mitte der Straße drängten sich die Leute, der Bus kam nicht mehr durch, auch die Autos nicht, die herausgeputzt fahnenschwenkend und hupend herumfuhren. Aus allen Himmelsrichtungen Feuerwerk, zehnmal das Fest zu Ehren der Heiligen Jungfrau von Aparecida, drückte Pulverdampf in die Vormittagsluft. Versöhnt euch!, schien das Gebot der Geschichte zu sein.

Matias schnorrte sich Schnaps und Bier, Zézé auf dem Schoß, glücklich bewegt. Senhor Zé Pinto, umgeben von Fliegen im ganzen Laden, den Hemdsaum über den zu weiten Hosen, das Gesicht euphorisch gerötet, schloss Wetten auf den Spielverlauf ab, Zunga notierte. Zé Bundinha und Zé Preguiça spielten, beobachtet von Presidente, Revanche um Revanche im Hölzchenziehen um Hühnermagen und Bier. Amâncio in einer Ecke trank in sich gekehrt Bier. Auf der anderen Straßenseite verdingte sich Marlindo: **Eiiis am Stiel Sibiiirien!**

Für den Vater schon nicht mehr zu gebrauchen, von haarigen Männerbeinen verscheucht, hatte Zezé staunend versucht, sich unter die Jugendlichen zu mischen, die haltlos tranken, Knabberzeug und Angeberei über Mädchen im Mund führten, wortreiches Geplapper, eingebildeter Quark, der mit den Kippen der billigen Zigaretten verbrannte. Dann Dinim bemerkt, allein, der Vater mit neuer Anstellung bei Saco Têxtil, verschanzt in der Wohnung der Freundin, die früher mal auf der Insel gearbeitet hatte, alle Aufmerksamkeit auf das Transistorradio gerichtet, wozu sich unter die Leute mischen!, sie verziehen ihm immer noch nicht Iracemas Wahnsinn, die jetzt in Barbacena zu Hause ... Der Freund, Knallfrösche in der Tasche, weigerte sich zu teilen, **Später ... Später ...** Wütend kickte Zezé seine Gedanken den Rinnstein entlang, *Scheiße, Mann!* und verdrückte sich vor der Zusammenrottung, dem Flirren nachdenklicher Stimmen, dem Pfeifen nervöser Feuerwerksraketen *neunzig Millionen in Aktion / Brasilien nach vorn / es lebe unsere Nation* ließ den Kehricht aufwirbeln, trockene Blätter, Zigarettenstummel und Streichhölzer und Kronkorken, da glänzte und flammte und funkelte ein gelber Geldschein auf, Aladins Wundertat, er trat drauf, trat ihn aus, schaute sich nach allen Seiten um, niemand zu sehen, hockte sich, streichelte ihn und verschleppte die Beute dann weit bis ins umzäunte Gelände, zerknüllt in der Hand, *Meiner, nur meiner!*, was ließ sich anfangen mit diesem plötzlichen Reichtum? Überschlagsmäßig ein süßes Brötchen + ein Guaraná + zwei Süßigkeiten, ob es reichte?, oder eine Schachtel Kracher + Limo + ein Salamibrötchen?, oder ein Kamm von Flamengo + ein Spiegelchen mit einer nackten Frau + ein Röhrchen Prinz der Nacht? oder ... oder ... oder ... Und wenn er auf den Ausgang des Spiels wettete? Er sah sich schon reich auf den Schultern der Arschkriecher, Dinim und die anderen Jungs hinterher und wie er laut lachend Böller zwischen die Leute schmiss ha ha! **Zunga** (nun wollte er sich dessen Sprüchen stellen), **wie stehen die Wetten? Drei zu eins.** *Drei zu eins?* **Eins zu null, zwei zu null, drei zu eins ... Drei zu eins, Junge, hau rein!**) Drei zu eins? Drei zu eins ... Italien hatte zu Anfang enttäuscht, eins zu null gegen Schweden und null zu null gegen Uruguay und Israel, aber dann hatten sie sich eingespielt, vier zu eins im Viertelfinale gegen Mexiko, vier zu drei gegen Deutschland, Deutschland!, im Halbfinale ... Jetzt wo's drauf ankommt ... Drei zu eins ... (**Also, Junge? Das Spiel geht gleich los** ... *Drei zu eins ...*

Die Stille reift achtzehn Minuten. Eine Schmeißfliege schwebt über der Wüste der Atmenden. Pelé nimmt dem Querpass von Rivelino an, schließt zu Burgnich auf und köpft dann den Ball ins Netz, unhaltbar für Torhüter Albertosi, ein Blitz von der himmlischen Wäscheleine genau in die auf der Fensterbank dösende Katze, löscht ein ganzes Leben aus, **Toooooooooooooooooooooor!** Eins zu null für Brasilien! Zezé holt Dinim, *Arschloch*. Eine Stimme, **Ruhig, Leute, da liegt noch viel vor uns ...**

Neunzehn Minuten später, **Verdammte Scheiße!**, Clodoaldo und Félix **Ich glaub' es nicht!** patzen **Hab' ich's nicht gesagt? Da, hier!**, und Bonisegna gleicht aus, **Scheiß Italiener!** Zezé, widerwillig, dankt, *Zwei ... jetzt müssen nur noch zwei ...*

Pause, Zezé hält die Spannung kaum aus, sammelt Zigarettenstummel vom schmutzigen Boden, spaziert rauchend an Fetzen unendlicher Diskussionen entlang **Zagalo müsste ihn rausnehmen ... Riva ist ein ... ach was, nur ... über links, eine Lücke ... ein Scheißdreck ...** *und plötzlich die ganze Kette ...* **Cidinha überhaupt? ... gegen Deutschland schon gut zu erkennen, die sind nicht ... eine am Abend, du wirst staunen, wie das ... wie**

der den Ball ... Paulo César ... Verdammt!, der raucht also?, Drecksack!, da sieht man es wieder!, mischt sich aufgeschreckt unter die Zuschauer, Matias' besoffene Augen erforschen **Los, es geht los, zweite Halbzeit ... Pssssst! Psssst!**

Die Stille reift zwanzig Minuten. Eine Schmeißfliege kreist über der Wüste der Atmenden. Gérson schmettert ihn rein, der Ball nistet sich im linken Eck von Albertosi ein **Toooooooooor!** Brasilien zwei zu eins! *ich liebe dich, mein Brasilien, ich liebe dich / mein Herz ist grün, gelb, weiß, himmelblau* Zezé geht Dinim holen *Arschloch* Brasiiiiilieeeeennnnn!

Noch fünf Minuten, und der Gold-Linksfüßer passt genau einen Heber auf König Pelé, der den Ball mit dem Kopf zu Jairzinho spielt, der ihn zärtlich und väterlich in die Tiefe des Netzes befördert *Heilige Scheiße! Heilige Scheiße!* **Tooooooor! Toooooooooooooooooooooooooooooooooooooooooor! Toooooooooooooooooooooooooooooooooooooooooor!** Brasiiiiilieeeeennnnn! **Drei zu eins! Drei zu eins! Drei zu eins!** Zezé springt auf brüllt und schreit plärrt und springt auf, dreht Pirouetten wie Purzelbäume, hüpft, grunzt und pfeift zischt und jault und bellt und knurrt und heult und jodelt und zischt und singt und plappert und plappert und pfeift und klimpert und trällert und summt und schreit. Holt Dinim, geht zu ihm *Arschgesicht jetzt siehst du mal schieb dir deine Knallfrösche in den Arschgeigensohneiner*

Noch vier Minuten, Zezés Hände schwitzen, sein Körper kribbelt, die Knallfrösche und Zuckerbrötchen und Guaraná und die Süßigkeiten, der Kamm von Flamengo und das Spiegelchen mit der nackten Frau, ein Knopffußballspiel?, kann doch sein? vielleicht reicht das Geld für ein Fahrrad, einen Motorroller ... vielleicht sogar **Toooooooooooooooooooooooor!** *Was?* **Toooooooooooooooooooooooooooooooooooooooooor! Toooooooooooooooooooooooooooooooooooooooooor!** *Nein ... Nein ... Nein!* Dinims Freude **Was für ein Tor!** wie er den Hammerschuss von Kapitän Carlos Alberto Torres feiert **Vier zu eins! Vier zu eins!**, lässt Zezés Wut explodieren, er fällt über den Freund her, sie rollen ineinander verkeilt über den roten Teppich aus Bodenfliesen, während der ostdeutsche Schiedsrichter Rudi Glöckner auf den Punkt in der Mitte des Rasens zeigt.

6. RELIKTE
(JULI 1971)

Im Nu hatte das Unterholz den untergehenden Abend verdichtet, die Schritte, die sich durch verschrumpelte Blätter kauten, hörten sich an wie neugierige Fratzen aus den Pitangasträuchern. Zezé ließ sich auf einen bemoosten Stein fallen, Dinim pinkelte gegen einen Baum etwas abseits. Die Stille der Wasserstelle mischte sich mit dem zirpenden Vogelgesang in den Büschen; Kälte zog in die Knochen; laszive Trägheit der frühen Tage ... **Zezé, holen wir uns einen runter?** Ein Windstoß wirbelt schlängelnd Staub auf. Entschied listig, **Du mir? Dann ich dir ...** Dinim schüttelt den Kopf zitternd, **Spinnst du!** wenig überzeugend. Zezé: **Ja?** Und bewegt nun, das Hemd voller Maulbeeren, seinen Körper halbnackt zur Wasserstelle, widerstrebend **Bruuuh!**, macht sein Gesicht nass, den Nacken, die Schultern, eiskalte Rinnsale zwängen sich zwischen Dünen aus gebräunter Haut. Geschmeidige Finger verteilen Tropfen in Zezés Müdigkeit, der schlau sich den Freund schnappt, und nun rollen beide über den Boden, sich reibend an dicken Wurzeln und Tierkacke, Totholz und Lianengardinen, aufgerissener Erde und leeren Termitenhügeln, Ameisenhügeln und Büschen, Schweiß leckend am Körper, Stöhnen, Lachen, bis Dinim sich atemlos am Hang fallen ließ und erschrocken verlangende Lippen an seinem Hals saugen, nervöse Arme unnötig reglose Arme festhalten, etwas Festes an seinen Hintern stößt, sich der Mund blind zum Verstummen entschließt, an die Stelle von Worten die Zunge tritt und die Hand nach dem harten Schwanz tastet, Salzgeschmack in die Nase dringt und Hände Köpfe halten, die sich halb wollend, halb nichtwollend bewegen, aufbäumen im Galopp, Druck auf den Schläfen, nicht weiter saugen, nein, jetzt du, au, das tut weh, nicht mehr saugen, au, au, jetzt du ui, nicht du

In der Hocke, Grashalm zwischen den Zähnen, lauert Zezé auf das Kommen und Gehen im Ameisenhaufen. Dinim sammelt Steinchen und wirft sie hoch, verfehlt Drosseln, Schmuckpfaffen, Kanarienvögel.

Eine melancholische Taube.

7. EINMISCHEN
(NOVEMBER 1971)

Entschlossen schlüpfte, was Matias am Körper trug, durchs dämmernde Morgenlicht, er und die sieben gebückten Gestalten mit Kugelbäuchen, dazu Nazaré und ein Plärrer an die Rippen geklammert, gepeinigt von Schulden, vom Schnaps und vom Spiel, verdammtes Geheule, hatte die Macht von oben bestimmt, wo gibt es denn so was?, und beladen mit Schiss und Gedanken, an was kommen mag, schleppte sich die Brut die Straße entlang, neben Bus und Asphalt, über Trampelpfade zu Fuß über die Berge, vergessene Routen aus uralten Zeiten. Als die Sonne aufging, erschrak sie vor eiligen Füßen, die flink über die Traurigkeit der Stille gingen, die sich im Rücken von Cataguases verfing. Mit jedem Schritt wandte Matias sich noch einmal um, hinter sich Rache witternd. Zezé fügte sich in den Schmerz des unwissenden Betrachters unbekannter Landschaften, das Herz hin und hergerissen zwischen Dingen, die zwar erst kürzlich zurückgelassen, doch schon so begraben waren, und dem Abenteuerlichen, das sich weiter voraus bereits Dinim kotzt einen Nachttopf voll Galle und fällt wieder in Ohnmacht, den Schlafanzug durchgeschwitzt, bittere grüne Zunge der Körper schlaff Kopf voller Löcher, eine Stimme hallt **... wieder gesund ... geben wir Necroton ... Leberproble...** und das Morgengrauen empfängt ihn in einem Krankenhausbett, über die weiße, abblätternde Wand huscht die Kakerlake, Stöhnen schabt sich aus der Dunkelheit, Husten schleicht über den Flur, Bettfedern quietschen, Zähne knirschen, er träumt, ein bleiches Hemd streckt blauschimmernd die Arme aus, flüstert *Komm, Junge*, Brotkrümel im fettigen Haar, durchsichtige Fingernägel zittern, *Komm, Junge, komm*, und der Morgen will nicht kommen!, die Augen weit aufgerissen, am Fußende wieder der Vater, hat mit Zé Pinto geredet, umziehen, die paar Klamotten nach Vila Resende, **Richte dem Flittchen auch noch eine Wohnung ein!**, schimpften die Tanten, **Es wird dir dort gefallen**, sagte er abwesend und schaute zur Seite, **Nicht mehr zu retten ist die!**, jammerten die

ausmachen ließ. Wollte fragen, Papa, warum? Papa, wohin?, aber das viehische Schweigen der Menschen – nicht einmal das auf dem Arm gab einen Mucks von sich – ließ ihn den Ernst der Stunde erahnen. Also flüchtete er sich in die ernsthafte Lautlosigkeit seiner fast schon zwölf Jahre.

Tanten, **Neue Schule, näher an der Innenstadt, besserer Umgang,** sagte er und suchte Möbel, um sie in die Zimmer zu stellen, der Anstrich, der noch nach neu riecht, **Tust dich zusammen mit einer ... So weit ist es schon!**, verbissen die Tanten sich. Als er wieder gesund war, spürte er, wie ihm die Hände fehlten, die sich ihm ins krause Haar senkten, und die Lippen, die über sein glattes Gesicht strichen – und der Wind anderer Zeiten erschütterte seine Brust.

8. VERDUNKELT VON WOLKEN
(JUNI 1972)

Rua Cachoeira do Mato ohne Hausnummer, Cacuia, Ilha do Governador, Rio de Janeiro, Bundesstaat Guanabara. Die neue Adresse: Häuschen die Hügel hinauf, unten türkisgrün das Meer, etwas weiter ... das Unbekannte ... Vater Handlanger beim Bau der weltgrößten Brücke. Dreizehntausendzweihundertneunzig Meter lang – davon achttausendachthundertsechsunddreißig unmittelbar über dem Meer –, sechsundzwanzig Meter und sechzig Zentimeter breit, mit sechs Die Stiefmutter – **Nimm sie als deine Mutter an!** – brummelte durch die Ecken und stachelte Dinim an, sich zu fragen, wer wohl das Sagen hat. Flink schleppte er sich durch die fünfte Klasse, abends am Handelsgymnasium António Amaro, und ließ sich von allem verleiten, das wenig taugt, älter aussehen mit Zigaretten, mit Frauen rummachen, Saufgelage, Sauereien und Schund, **Warum schickst du ihn nicht auf eine vernünftige Schule?** und morgens aufwachen vom Anpfiff dessen, der schon zum

Fahrspuren, zwei Standstreifen und einer Höhe von maximal zweiundsiebzig Metern über dem Meer, darf man sie ohne Übertreibung als aaaachtes Weeeeltwunder bezeichnen! Matias früh raus, Henkelmann gut in der Tasche verstaut, **Ist vernünftig geworden, Dank sei Herrn Jesus Christus!**, kam erst spät, wenn es dunkel war, wieder zurück, ausgelaugt, träge, müde und erschöpft, **Dass wir da weg sind, das Beste** Punkt acht Uhr, sechs Minuten. Wussten Sie, dass für den Bau der Brücke Rio-Niterói so viel Sand verbraucht wurde, dass er für den halben Copacabana-Strand reichen würde? Acht Uhr, sechs Minuten und acht Sekunden **Man weiß nie, wozu es gut ist, am Ende.** Zezé schaut, sucht Anschluss. Karneval hat er in rot-blau-weißen Streifen gefeiert, den Farben des Karnevalvereins União da Ilha, »geliiiiiebte Schuuuuule«; Januar und Februar waren mit Fußballspielen und Baden am Strand von Bica und Engenhoca draufgegangen, Geschwätz; Sonntage verbrachte er damit, scheinheilig Omas, Hausmädchen und Hausfrauen zu helfen, auf dem Markt in Mittagessen kommt?, und am Nachmittag rumgammelt? **Der Junge will nicht ... Soll man denn machen? Hat schon keine Mutter mehr, das arme Kind ...** in die Schulbank geritzt, zickzack die Schulleiterin sucht sich den Schuldigen; Schüler verdrücken sich in der großen Pause über die Mauer, der Hausmeister zählt alle Namen der Schuldigen auf; Mitschülerinnen haben sich beschwert **... was für Handzeichen genau? ... die Hand auf ihrem ... wohin?! was gemacht!?**, und schon heiße Ohren. **Ich war das nicht, Vater!**, und Schimpfen und Enttäuschungen laufen los, **Miststück! Wir opfern uns auf!** und die andere wie ein Skorpion, **Sag' ich doch ... wessen Sohn ... Von der Schule ... Lass ihn doch Handkarren ziehen ...** Also streiten sie und entzweien sich und kriegen sich in die Haare – Vater und Stiefmutter – und kommen überein: ihr halbes Leben geht drauf für den Taugenichts, **weißt Bescheid, nä? nächstes Mal** ..., ritzt der Schlaumeier in die Schulbank, verschwindet über die Mauer und fasst Mitschülerinnen an den Po, steckt Mitschülern den Finger ins Arschloch und trinkt Bier und Schnaps

der Rua Sargento-João-Lopes, Kleingeld, das er dann aufbrauchte bei seinen Ausflügen nach Méier, ins Zentrum, aus Spaß. **Schule? Buchstabieren und Krakelschrift? Pah!** Zweiundzwanzig Uhr, sechsundvierzig Minuten und dreißig Sekunden. Wussten Sie, dass der Zement für die Rio-Niterói-Brücke – mehr als vier Millionen sechshunderttausend Sack – zusammen eintausendfünfhundert Stapel so hoch wie der Zuckerhut ergeben würden? Zweiundzwanzig Uhr sechsundvierzig und wie ein Großer, raucht billige Zigaretten zu Ende und streitet und fordert provozierend den Gegner heraus, Komm doch! Komm!, und marschiert, wie gerufen schnurstracks ins Verderben, die Tanten kapitulieren; er wird zum Mann, sagt stolz der Vater; seiner Bestimmung entgegen, prophezeit seine Stiefmutter: Ramtamtam, tam tam!

9. DIE DUNKLE SEITE DES MONDES
(MÄRZ 1973)

Iracema da Silva Novais? Wissen Sie, wann genau eingeliefert? Nicht einfach ... schwierig ... Zylindrisch befeuchtet der Schnurrbart den Zeigefinger, blättert ausgetrocknete, fleckige Blätter durch, Daten und Namen Daten und Namen Daten und namen daten und namen Abhauen, wackelige Entscheidung, beschließt, verwirft, beschließt er, Lust dazu hätte er, Gründe entstehen – ständige Reibereien zwischen vier Wänden, der Vater gegen die

Stiefmutter gegen Dinim gegen den Vater, angeheizt vom Gezeter des Wickelkinds auf dem Schoß – und doch endet alles immer in der Erstarrung eisiger Abende. Bis bleiern die knorrige Hand ins Gesicht knallte, substantivierte Dinim alle Tage. Vergangenes Jahr, ungerecht, hatte man ihn mit Schulverweis belohnt – von den fünf Spaßvögeln, die sich in Raum vierzehn an Washington vergriffen hatten, sind drei verschwunden, einer hatte seinen Nachnamen ins Spiel gebracht und schon hatte sich der Päderast einer Erziehungsmaßnahme beugen müssen. Zu Hause nichts gesagt. Keine unnötige Aufregung. Sondern hatte sich in den Sattel der von ihrem Luftfilter befreiten Mobylette geschwungen und hatte das Pflaster hoch bis zur Handelsschule Antônio Amaro überwunden. Dort kamen der Popkornverkäufer, Herumtreiber, Streuner, die angehenden Gauner zusammen, wer Streit suchte, die Haschischverkäufer. Monatelang ging das so. Bis der Vater allmählich dahinterkam, dass er zur Runde der schlechten Gesellschaft gehörte, und alles flog auf, **Wir sprechen uns zu Hause**, ein Johlen der neuen

Freunde, der November versuchte zu regnen, die Nächte verlangten nach nächtlicher Wanderung. Gingen sich aus dem Weg, Dinim und sein Vater, wohnten noch unter demselben Dach, fraßen dasselbe in sich hinein, was die junge Stiefmutter kochte. Gegen Mitte Dezember flüchtete er sich zu den ledigen Tanten, zu den aufgeregten Pedalen der Singer-Nähmaschinen, dem vielstimmigen Geplapper des Kommens und Gehens, zur Maschine, um Knöpfe zu säumen, den Scheren, **Weißt du, wo der Fingerhut ist?**, Spulen, Nadeletuis, **Wo ist das Stecknadelkissen?**, Faden, Schnittmustern, **Gottchen, das Maßband?!**, Schubladen voller Kleinteile, Bügeleisen, Stapelweise Modezeitschriften, **Hier würde ich anpassen, hier!**, ein Block Durchschlagpapier, Stoff meterweise, durch die Lianen von Stoffresten überall über dem Holzboden gehen, **Weihnachten**, Entschuldigung, *Dschingelbell, Dschingelbell,* **Neue Kleider**, ein Schulterzucken, *das alte Jahr geht vorbei, frohes* **Neues**, erklärten sie, Januar war er wieder zu Hause, Schwamm drüber. Aber. Mit finsterem Gesicht wickelte Vater sein Tagwerk ab, ungeduldig, dünnhäutig, eine Continental nach der anderen, Faustschläge ließen die Tischbeine tanzen, Gebrüll verunsicherte das Horchen der erschrockenen Wände, sinnlose Spuren von Missverständnissen, das Baby an die Kraft seiner Lungen geklammert, die Stiefmutter ohnmächtig im Ammoniaktraum, und ein Windstoß bewegt wie von Koboldhand das Kalenderblättchen von Herzjesukind, eine Iara zieht Stunden in die ruhigen Tiefen des stehenden Wassers, schwarz, flüssige Höhlen ursprünglicher Freuden, **Hat mich getreten, hast du gesehen?**, Streicheln mit weichen Fingern, Graphit kratzt respektvoll die erste Seite, b+a=ba, b+e=be, b+i=bi, b+o= **Geschieht dir recht!**, die Tanten **Bei uns ist das so.** Also eine zerdrückte Zigarette am Morgen aus einer noch vollen Packung entwendet und in der hinteren Tasche der Hochwasserhose versteckt, nun zu Angelus angesteckt auf den Bürgersteig geworfen, Fahrräderwolken klappern über das Straßenpflaster, die jungen Männer palavern, Burschen schwadronieren, das Pfeifen der Fabriksirene verscheuchte den Donnerstag und zack! die Schuhspitze stempelte sich in seinen Rücken und pam! **Herumtreiber!**, das Blei der schwieligen Hand schmettert in sein Gesicht, **Herumtreiber!**, Zack-bum-zack-bum, Ohrfeigen Fußtritte Faustschläge Stöße Backpfeifen Arschtritt Kinnhaken Nackenschläge Prügel Kniestöße und von weitem noch hinkend verprügelt von der Gürtelschnalle gezeichnet blutend am ganzen Körper hörte er **Rumtreiber!** seinen Vater **Herumtreiber!** gebrannt in die Dunkelheit, die kein Ende nimmt. **Barbacena** erklärte die Tante, **weiit weit**. Bis Leopoldina nahm ihn der Fahrer von Rodoviário Mineiro mit, **Wohin soll's denn gehen? Aus den Ferien zurück,** unverdächtig auf die paar eingewickelten Sachen im Arm deutend, das dicke Ende kommt später. Am Abzweig anhalten, aussteigen, hupen, rausfinden, wohin einen das Schicksal, genau darum geht es, das findet die Sonne beizeiten heraus, und Lastwagen und Busse ziehen die Rio-Bahia entlang, kommen und gehen, Kies und Motorenlärm aufwirbelnd, die Landschaft flirrt über dem Asphalt, und im Garten Eden wird Wasser und Schatten sein, und der Rauch aus dem kleinen in die Büsche gekrallten Schornstein trägt Düfte und Formen in sich, Großmutters riesiger Löffel rührt Mangos im Kessel, ein Gärtchen hinter einem Haus in der Einöde von Eugenópolis, das Schild **Juiz de Fora ->**, der Milchlaster brüllt **Bis zum Abzweig Argirita, geht das?**, er klettert auf die Ladefläche und riecht eingezwängt zwischen das Scheppern der Milchkannen Kuhscheißeduft, der Wind des Unbekannten umspielt ihn, **He, Gottes weite Welt, Mannomann!** *Aus dem Weg, Hund! aus dem Weg, Pferdekarre! Aus dem Weg, Vogel! Leute, aus dem Weg!* Vor dem Haus am Rand der Straße in die Hände klatschen, das Hundegebell schreckt den Nachmittag auf, der gemächlich nach Osten zieht, eine Frau, Kopftuch, misstrauische Hände, die über die Schürze streichen, zwei Mädchen am Rocksaum, die nichts verstehen, machte ihm einen Teller mit Essen, mitleidig, Reis, Bohnen, **Ich mach' noch ein Spiegelei dazu, kleinen Moment**, Angu und einen Emaillebecher Wasser vom Brunnen. Noch einmal erzählte er alles, und der Mann, Feldhacke über der Schulter, **Barbacena? Ich**

weiß nicht … Jedenfalls weit! Und er träumte von Hühnern und Enten, dem Flug der Fledermäuse, von Mäusen, die den zu Puppen gestapelten Mais raspeln, der Hund weckte ihn auf, leckte ihm ganz vertraut über den Mund, in dem Verschlag, in dem er übernachtet hatte. Und nach einem Stück Maisbrot und Kaffee mit Zuckermelasse fand er eine Mitfahrgelegenheit, einen rachitischen Käfer, der sich asthmatisch die Berge hinaufquälte, der Alte, den Hut tief ins Gesicht gezogen, sagt nichts »**… um nicht abgelenkt zu sein von der Straße …**« übers Lenkrad gebeugt, die Maisstrohzigarette erloschen, man einigte sich, **Juiz de Fora? Ich kann dich am Busbahnhof absetzen, einverstanden?** Popcorn tanzt wie von Zauberhand in der glänzenden Maschine, ein Gewimmel!, Koffer und Tüten und Taschen, Pakete beeilen sich, die traurige, klamme Stadt schnürt seinen Hals ein, *so'n Unsinn, nach Cataguases zurück …* aus dem Lautsprecher **Belo Horizonte, elf Uhr dreißig: Steig sechs, Belorizonte, elf dreißig: Steig sechs.** An den Schaltern vorbei: Viação José Maria Rodrigues, Unida, Útil, Viação Vitória,

Viação Cometa, Viação Progresso, Viação Goretti – Barbacena – Fahrkarten. **Hallo, wie viel?** Der junge Mann erklärt, **Bitten Sie um Hilfe … kann doch sein …** Und Dinim, erschöpft und hungrig, guckt einen aus, der etwas freundlicher aussieht, **Für die Fahrkarte … fehlen noch** klein-klein tröpfelt Kleingeld in seine am Anfang noch schüchterne Hand, die langsam mutig wird, und aus dem Bündel gehen die Fahrkarte ab (*Was zu Essen fehlt noch*), das Brot mit Wurst und die Limonade (*Rückfahrt fehlt jetzt noch*), zusammengerollte, verknitterte Scheine (ein bisschen was für unterwegs noch) und so gelaunt stieg er ein, als es Abend wurde, den Kopf an die Angst gelehnt, dämmerte ein, als er wieder zu sich kam, hier gefragt, da gefragt, schneidet das Heulen aus dem Hospiz durch die Nacht. Die Nacht leckte an seinen dürren Hacken auf dem Bürgersteig, der Morgen berührte ihn mit unsicheren Fingern. **Iracema da Silva Novais? Wann genau?** Zylindrisch befeuchtet der Schnurrbart den Zeigefinger, blättert ausgetrocknete, fleckige Blätter durch, Daten und Namen. **Komm Junge, komm einfach rein,**

schau, ob du selbst findest ... Das Licht reicht nicht bis in den Frauentrakt. Zusammengepfercht Hunderte Frauen, nackt, halbnackt, übereinander am Boden, der von einer dünnen Schicht Stroh bedeckt ist, Hände in tönernen Schüsseln, Kot und Pisse, beißender Geruch und Gestank, magere Arme entgegengestreckt, Flehen, verlebte Gesichter, leblose Augen, gellende Schreie einer untoten Welt. Verzweifelt war Dinim durch modrige Gänge geirrt, vor dem Widerhall seiner eigenen Schritte davon, war gegen wahnsinnige Kranke gerempelt, wie er dann wieder vor der bleichen Helligkeit zehn Uhr früh stand. Da setzte er sich auf den Bürgersteig, senkte den Kopf und ein bitterer Schwall grünen salpeterhaltigen Wassers rann aus seinem Mund und verzweigte sich zwischen den Pflastersteinen.

10. WÜNSCHTE, DU WÄRST HIER

(SEPTEMBER 1975)

Siebter September, **Tag der was?**, von der Fragerei nahm der Vater nicht einmal Notiz, so beschäftigt war er mit dem Zurechtmachen. **Gut so?**, der Kamm fährt durch das mit

Glostora geglättete Kraushaar. **Was meinst du, Nazaré?**, die Mutter, Schuppen von Vaters Jackett wedelnd, geblümtes Kleid an der Hüfte zurechtgezupft, Hä?, Blick über die Kinderschar, **Willst du wirklich nicht mit, Zezé? Nazaré?**, die Dreizehnjährige bockig, **Kannst ruhig bisschen freundlicher sein!**, die Zwölfjährige ohne Schuhe, **Wo hast du die wieder hingesteckt?**, der Elfjährigen gehen schon wieder die Zöpfe auf, **Nichts hält an dem Mädchen!**, die Zehnjährige weg **Heilige Jungfrau Maria!**, die Achtjährige langweilt sich, Gehen wir. Los!, die Sechsjährige mit Rotz an der Nase, **Los, los, Naseputzen!**, der Dreijährige plärrt. Gut so, Nazaré? Die Truppe machte sich auf den Weg Richtung Avenida Presidente Vargas, froh. Der Vater voran, stolz, kommandierte im Polyesterjackett, hinter ihm die Mutter mit kaputten Füßen, die neues Leder bearbeiten, Kinder in Schach haltend, keine Zeit, auf sich selbst zu achten. Grüne und gelbe Fähnchen sollen zur Girlande werden, um die Parade zu sehen, Soldaten gebügelt, rußende Lastwagen, Panzer, die auf dem Asphalt Pferdehaufen erzittern lassen, die Sonne hoch oben. Als die Wohnzimmertür ins Schloss gefallen war, das Getöse ausgesperrt, brannte in Zezés Ohren die Sonntagsstille. *Was tun?* Der Morgen kroch langsam schon in den Nachmittag über und lud dazu ein, aufs Betondach zu steigen, Spindel fest in der Hand, und die Farben zum Tanzen zu bringen, die den fast schon frühlingshaften Himmel durchschnitten, Wind im Gesicht, Papierdrachen taumelnd als bunte Farbtupfer über der Bucht. Doch dann: Plötzlich nahm ihm ein Keine-Ahnung-Was die Luft, irgendwas tat ihm weh, wo auch immer, er legte eine Platte auf, Vater bewahrte sie nebeneinander gestellt auf dem Boden im Wohnzimmer auf, ein Dutzend wohl, die Hüllen abgeschabt, Zeug aus früheren Zeiten, **Kein Mensch hört noch so was, Matias!**, der Frau zum Geburtstag geschenkt Unvergessliche Melodien Vol. 1, die immer und immer auf dem Teller kreiste, Love is all, vom Putzwasser raue Hände ins Becken des Waschtrogs getaucht, Se tu non fossi bella come sei, gesprenkelte Hände beim Rühren am Herd, Mittagessen, Abendessen, Love me please, love me, langer Blick auf das Fass für das Regenwasser im Garten, Rain and tears. Als die Nadel sich durch Les marionettes grub, rutschte Zezé vor den Spiegel am Kleiderschrank, Brustwarzen größer, *Zu viel gewichst?*, leichter Flaum über der Lippe, Arme spindeldürr, Augenringe, *Sterben ... wen würde das kümmern?* Hinter ihm rahmt das Fenster im Spiegel einen Ausschnitt des Hügels als Abbild vor einem riesigen Blau, das sich zum Horizont runtersenkt, From your side. Alles so fern plötzlich ... Eliana wohnte in einem hübschen Haus in Vila Teresa, die Kugel drang ins linke Ohr, explodierte im Kopf, kein Abschiedsbrief, gar nichts, Blut tropfte vom Sofa, ein roter Kreis, lief auf dem Fußboden zusammen. Er hatte gerade Dinim auf dem Karren geschoben, war erstarrt von dem Knall. **Schuss!**, das erkannte er, Was?, Das war ein Schuss!, warnte er, kannte die Explosionen von Zé Pinto ganz hinten im Garten, abends ganz unten am Fluss, **Blautangare da, was? Peng!**, nach dem Schwefeldampf aus der Schrotflinte schlug man sich in das Blättergewirr über dem sandigen Flussbett, um nach dem Vogel zu suchen, den nie jemand fand, **Hab das arme Vieh wohl gesprengt**, entschuldigte er sich dann mit einem Schädelkratzen, die Rumtreiber hinter ihm unterdrückt lachend, die Hälse nach Bier gereckt, das er, das wussten sie, ausgeben würde, wegen der Peinlichkeit, gegen die Schmach, und schon zielte er auf das nächste Tier, das um diese Zeit durch die Zweige hampelte. **Peng!** Sie stürmten durch die Tür ins Wohnzimmer, zusammen mit einer Nachbarin und einem, der auf der Straße gewesen war, blieben stehen, alle, als sie das Mädchen sahen, die Muskeln noch zuckend, die Augen weit aufgerissen. Dezember, die Matratze ließ Nächte brennen, an Schlaf nicht zu denken – die Frau wandte ihr schreckstarres Gesicht um, stammelte **Eliana, mein Mädchen, was ist los?** *Wohin gehen wir wenn* Ho bisogno di te. Unbemerkt war die Stimme von Nini Rosso verklungen. Eine Brise streicht über die farbigen Vorhangstreifen aus Plastik zwischen Wohnzimmer und Küche. Dragão schnarcht im Traum. Bolinha wartet aufmerksam auf Anweisungen, die Ohren spitz aufgestellt, die Zunge hängt raus. Hitze. Die Mutter ruft nach ihrem Kind

...érto! ...éérto! ...érto! ...éérto! Ein romantisches Lied segelt durchs Kommen und Gehen der Weite des Meers. *Siebzehn Jahr ... Wie viele noch sind mir vergönnt?* Der Körper hebt sich um Zentimeter vom rauen, kalten Zement ab. *Ana Lúcia im grünen Bikini Dinim sogar die Haare habe ich von Ana Lúcia gesehen, der mit dem großen Busen,* dreht sich um einhundertachtzig Grad *Noch im Grab werden sie büßen für diese Traurigkeit diese Leere die* stürzt sich ins feuchte Dunkel eines Brunnens, der keinen Boden hat, um nie mehr, nimmermehr ni

11. TIERE
(JANUAR 1977)

Verwandt? Gebrannt!, brüllte Matias und ließ die Gabel zurück auf den Teller knallen, schob diesen wütend von sich, stand auf, würgte mit der linken Hand den Hals einer Bierflasche, das halb leere Glas in der Rechten, streckte sich dürr auf dem Sofa aus, dessen Sprungfedern durch den durchgesessenen Stoff drückten, vor dem laufenden Fernseher ... **Schnauze voll, wenn du es wissen willst, Schnauze voll** offiziell Elektriker, lebte

Er nahm sich ein Herz und legte den linken Arm um die breiten Schultern des Mädchens, dann hielt er inne – das Herz eine Trommel. Verstand nicht die Bilder, die über die Leinwand flirrten, die verkrampften Muskeln in Aufruhr. Szenen später legte sich nervös seine rechte Hand auf die Hand des Mädchens mit den langen, pechschwarzen Haaren. Stocksteif errieten sich Köpfe zwischen pochenden Fingern. Nach ein paar

er, seit die Brücke von Rio nach Niterói fertig war, von Gelegenheitsarbeiten nach Laune des Chefingenieurs der Baufirma, ein Wochenendhaus für die Sommerfrische in Teresópolis, eins für den Sommer in Cabo Frio am Strand, zwei oder drei Mal in seiner Wohnung in Copacabana, **der Mann vertraut mir**, lobte er sich. Erst mal hatte die Stadt den Mann gradegebogen, ihm Scheuklappen angelegt, vom Trinken abgebracht und von schlechter Gesellschaft, ihn Anstand gelehrt, kein Platz mehr für Durcheinander – überlegte Nazaré, während sie Erde im Beet für die Rosen umgrub, weiße, gelbe, rote vor der Tür des gemieteten Hauses. Nach und nach kam das Früher zurück: Am Wochenende nach langer Zeit weg auf Arbeit im Dienst von Doktor Eduardo, erfrischte er sich mit ein paar Brahmas am Kiosk von Betão, **Keine Sorge, Nazaré** vorsorglich, wenn er taumelnd nach Hause kam. Hob ausgehungert sich beschwerend die Topfdeckel, nach Alkohol stinkend. **Nix zu Essen da?** scheuchte die Kinder auf. Nazaré schickte sie raus und fing an zu jammern, flehte gellend mit Schreien, die gegen die rußschwarzen Seufzern löste sich Dinims rechte Hand und glitt wie beiläufig auf den festen rechten Oberschenkel von Vilma, streichelte zögerlich über den Saum ihrer Jeanshose, wurde sanft weggeschoben. Hartnäckig wiederum Minuten später in einem entsetzlichen Unwetter auf hoher See, das die Leinwand verdunkelte, schlich sich seine rechte Hand, Oberkörper leicht vorgebeugt, heimlich in Richtung des Kleidchens aus weißer Baumwolle, die Finger nach einer Öffnung tastend, irgendeine, von der aus er den BH finden könnte, um dann jubelnd voran zu dem ersehnten Busen zu kommen, doch Vilmas linke Hand scheuchte nun schroffer die Finger, die Hand, seine Arme beiseite. Eingeschnappt **Hab dich nicht so ...**, setzte Dinim sich zwei Reihen weiter. Vor vier Monaten hatte er sie kennengelernt, Led Zeppelin schmetterte Stairway to Heaven in einem der vielen Zimmer in einem Haus in Domingos Lopes beim Nippen am Tee aus Pilzen und tiefen Zügen an einem Marihuana-Joint. Erschrocken hatte sich Vilma unter ein grünes Kissen geflüchtet, mit verhangenem Blick alle abblitzen lassen, die an sie heranwollten. Einen

Wände der Küche peitschten – furchtlos stocherte Matias in Reis und Bohnen, Maisgries und Kohl. Doch am Sonntag nahm er Rücksicht, ließ sie in Ruhe, schleppte Zézé ab und zu ins Maracanã, Zico, Geraldo, Doval, Júnior zuschauen, wie sie Flamengo vor sich hertrieben, meist aber nur das Batterieradio an der Ohrmuschel, hypnotisiert da stehend; oder führte die Familie in langer Reihe zum Zirkus auf einem Acker in Cocotá, Hunde, blau, rosa bepinselt, die einen im Frack, andere im Röckchen, Affen mit Schnuller auf Dreirädern und Clowns mit hochgeschlagenem Kragen, die Tränen verspritzten, Jongleure mit kreisenden Tellern, ein Fahrrad auf dem Schlappseil, Trapezkünstler oh! beinahe abgestürzt, ein balancierender Elefant, ein gestreifter Tiger, ein tanzender Bär, Todeskugel, Chupa-Chup, rotes Popcorn, kandierte Äpfel, Zuckerwatte, Lutscher und in der Brust eine irre Fröhlichkeit pfeifend; oder wenn sie mit Handtuch und Picknick in den Bus nach Arpoador stiegen, ganz früh, um noch einen guten Platz zu bekommen, wo Matias gut schnarchen konnte, ein Pascha im Sand, das Kin-Wimpernschlag Unachtsamkeit hatte er ausgenutzt, sie anscheinend geküsst. Dann hatte er sie in einer Jugendgruppe aufgestöbert, APL (Liebe, Frieden, Freiheit), die sich samstagnachmittags im Raum der Kirchengemeinde Sankt Josef der Arbeiter traf und Lieder von Pater Zezinho für die Siebenuhr-Messe am Sonntagmorgen einübte. Dort legte er sich auf die Lauer nach ihr auf seiner 50er-Honda, sie drückten sich in verdächtigen Ecken herum unter den tadelnden Blicken der anderen. Am nächsten Tag wartete er ungeduldig vom Bürgersteig aus auf das Ende des endlosen Sermons von Pater Heraldo, um mit ihr, Wind im Gesicht, Flüsse, Gelände und einsame Orte hinter sich zu lassen. Zu Weihnachten verteilte er Nahrungsmittel an Arme im Stadtviertel Dico Leite, ging zur Mitternachtsmesse, schlaftrunken, Sylvester widerwillig mit Vilma zum Wasserspeicher, wo Brathähnchen den Hunger und eine Fünfliterflasche »Sangue de Boi« den Durst der A-Pe-Eller stillte, anschließend furchtbare Kopfschmerzen. Schlechte Gesellschaft, sagte Dona Selma, Vilmas Mutter, dann Dona Rosinha, die sie als Familie betrachtete.

dergekreisch vom Rauschen des Meeres erstickt, Nazaré schimpfte, ***Zurückkommen, Zezé! Oh, mein Gott, er ist so weit draußen!*** **Nádia, zieh dir den Bikini gerade! Cláudia, geh mit Junim Pipi machen. Warte, Evelina, es gibt gleich zu essen. Lass Maura los, Beatriz! Lass mich mal sehen, Sandra, heb mal den Fuß.** Aber nicht mal mehr das. Keine Arbeit, nun fest in der Kneipe, erst noch Hilfsarbeiten in der Stadt abgelehnt, **So ist das! Ich habe eine Ausbildung, verstehst du?, kann nicht einfach so irgendwas annehmen ... Macht mich auch fertig ... Na und dann, sieht man ja, ne**, dann Arbeiten in der Nachbarschaft abgelehnt **Ist so! Bin ausgebildet, verstehst du?, kann nicht einfach so irgendwas annehmen ... Leitungen zusammenpfriemeln, Strom legen, Strippen ziehen ... keine Arbeit für einen, der was gelernt hat! Das kann doch jeder ...** Jetzt wachte er auf, wenn die Sonne schon hoch am Himmel stand, roch aus dem Maul, die Hände fahrig, tiefe Augenringe, stürzte am Tonbehälter Becher für Becher Wasser hinunter, blaffte die Kinder an, egal was, böse Worte, zog sich die Hose an, Hemd, Stramm auf dem Bürgersteig ließ Dinim die Predigt über sich ergehen, die Tadel mit der Geduld eines Ochsen **... noch jung, muss die Schule noch ... so ist die Jugend, aber es ist unsere Pflicht ...** Ein andermal und, so Vilma, voll »echter Gefühle« – »ja ... Neid, Eifersucht, Missgunst« erwiderte Dinim – luden die A-Pe-Eller ihn zu einem Ausflug zur Ponte do Sabiá ein, um ihn in die Mangel zu nehmen, was er nicht wusste. Die Fahrräder, zehn, brachten Farben und Stimmen in den versoffenen Vormittag, rissen die Stille der Landschaft entzwei, Rinderknochen verteilt am Hang auf der Weide zwischen Termitenhügeln, grindige Hunde kläffen, Truthähne gluckern, die Ente sucht einen Tümpel, um ihre Küken zu baden, Hühner recken aufmerksam ihre Hälse, **Guten Tag!**, winken sie, **Guten Tag!** antwortet der Hut kurz gehoben, misstrauische Kinder hinter löcherigen Wänden, eine Frau mit Kopftuch hängt Wäsche auf Büsche zum Trocknen auf, ein Pferdekarren, ein Wagen, Zeit in den Pedalen. Der lärmende Motor der 50er-Honda voraus, Dinim, kurze Hosen, ohne Hemd, Vilma im Bikini warten unter einem Baum in der Einsamkeit,

Gummilatschen und ließ bei Betão verschanzt Stunde um Stunde vergehen. Brauchte man ihn?, sollten sie ihn holen kommen, immer an einen der Blechtische geklammert in einer düsteren Ecke, vor sich ein Glas mit Cachaça, ein Tellerchen Hühnermagen, Herz, Hühnerfüße, Speck, Streifen Hühnerbrust, Anchovi oder gebratenen Drückerfisch, den Blick auf die Billardpartie gerichtet, Canasta um Geld, grübelnd über den Blödsinn der Leute, die kamen und gingen. Manchmal gar hinter dem Tresen. **Ohne Geld arbeiten ... Macht nicht mal die Uhr, Trottel!**, lamentierte Nazaré ihrem Ehemann in die tauben Ohren, und der regte sich auf, wenn sie mit diesem Geschwätz kam, nach Minas zurückzugehen, wo die **Verwandten** sind, **Wurzeln ...** genau, unerträglich!

lassen sich zurückfallen, überholt die Gruppe noch einmal, er fährt voraus, wartet. Das fließende Rauschen kündet vom Wasserfall, der müde im Schatten der diesigen Landschaft zerspringt. Die Kleidung achtlos im Gras abgelegt tasten sie voran im Kriechgang, krähend, gackernd. Anschließend die Handtücher ausgebreitet, Styroporkiste mit Coca Cola und Bier und Sandwiches mit Schinken und Käse in Alufolie, der batteriebetriebene Plattenspieler mühte sich, Rick Wakeman Journey to the Centre of the Earth zu leiern, Müdigkeit. Sonne am Höhepunkt, niemand mehr was, sticheln sie **hey Dinim, was man sich so über dich erzählt! Was erzählt? Was erzählt?**, Finger begehrlich in Vilmas amselschwarzen Haaren, **Na ja, man erzählt sich ... Was denn?**, Dinim steht auf, Cowboy in der Mitte, **Die Leute sagen, du kiffst**, er fragt Vilma, geht zum Moped, klappt den Seitenständer ein, schwingt sich auf, Vilma stopft sauer ihr Zeug in die Tasche, nimmt hinter ihm Platz, er gibt drei Mal laut Gas, schlängelt sich über den Seitenweg, stürzt auf die Straße und verschwindet in der Ferne als Spur einer winzigen Wolke aus Staub.

12. DIE MAUER
(NOVEMBER 1979)

Zeilen 13 und 14 von einer Seite aus einem Schreibheft 14 x 20,5 cm mit blauem Umschlag, geschrieben vermutlich 1971 und Eigentum von Maria Aparecida Albino, Hausfrau, geboren am 5. Mai 1960 in Cataguases (MG), weggeworfen am heißen Mittwochnachmittag des 7. November 1979, nachdem die Eigentümerin einen mit unnützem alten Kram vollgestopften Koffer durchwühlt hatte, wenige Tage nach ihrer Hochzeit mit José Américo de Souza, Verkäufer, geboren in Santana de Cataguases (MG) am 13. April 1957, feierlich besiegelt in der Kirche Sankt Josef der Arbeiter am 24. November 1979 in Cataguases (MG), der Empfang der geladenen Gäste fand am selben Tag im Clube Aexas statt. Nach einer Woche Flitterwochen in Guarapari (ES) bezogen die Brautleute unter ihrer neuen Adresse ein neu errichtetes Haus mit vier Zimmern in der Rua Antônio de Paula Mendes, Nummer 23, Vale dos Bandeirantes, Juiz de Fora (MG)

Wie heißt du?
13. Antônio Dionísio da Silva Novais
14. José Texeira Pedro

Wie alt bist du?
13. 11 Jahre
14. 11 Jahre

Lieblingsfilm:
13. Romeo und Julia
14. Love Story

Lieblingsmusik:
13. Detalhes, von Roberto Carlos
14. Menina da Ladeira, von João Só

Lieblingsschauspieler:
13. Tarcísio Meira
14. Tarcísio Meira

Lieblingsschauspielerin:
13. Regina Duarte
14. Renata Sorrah

Was willst du einmal werden?
13. Bankangestellter
14. Schlosser

Lieblingsauto:
13. Mustang
14. Karmann-Ghia

Wie viele Kinder möchtest du einmal haben?
13. Vier
14. Drei

Lieblingsstadt:
13. Rio de Janeiro
14. Cataguases

Größter Fehler:
13. Keiner
14. Dass ich schön bin

Wichtigste Eigenschaft:
13. Intelligenz
14. Dass ich gut bin

Größter Traum:
13. In der Nationalmannschaft spielen
14. Reich werden

Lieblingstier:
13. Hund
14. Hund

Lieblingsjahreszeit:
13. Sommer
14. Sommer

Lieblingsfarbe:
13. Blau
14. Blau

Lieblingsüßigkeit:
13. Karamell
14. Grüne Papaya

Lieblingsteller:
13. Porzellan
14. Colorex

Lieblingsbuch/Autor?
13. Die »Möwe Jonathan« von Richard Bach
14. Hahaha, hast du das wirklich gelesen?

Bester Freund / beste Freundin:
13. Der dieses Heft gehört
14. ______________________________

Welches Land würdest du gern kennenlernen?
13. Brasilien
14. USA

Lieblingsmannschaft:
13. Botafogo
14. Flamengo

Liebstes Schulfach:
13. Mathematik
14. Mathematik

Schönste Frau ...
13. Meine Mutter
14. Meine Mutter

Schönster Mann ...
13. Ich
14. Ich

Lieblingsspruch:
13. »Was nützt der blaue Himmel und ewiger Sonnenschein / Wenn du nicht bei mir bist und ich allein« – Roberto Carlos
14. »Kein Unsinn ist Unsinn« – Ich

13. IHRE GRÖSSTEN ERFOLGE
(NOVEMBER 1981)

Auf der Stufe der Hintertür sitzend hob Nazaré ihre Hände vors Gesicht, und aus ihrem geschundenen Körper dröhnten Tränen, nagten an der im gemächlichen Wasser des Rio Pomba treibenden Stille. Da fiel Zezé, mit der Brust an die Stuhllehne geklammert, auf, dass die Nacht sich schon heimlich eingerichtet hatte, behutsam, um die Szenerie nicht durcheinanderzubringen. Gerade erst hatten sie noch geredet, geflüstert mit langen Pausen, ausgefüllt von begierigen Hähnen, hysterischen Radios, ungeduldigen Stimmen. Sandra und Maura dicht aneinandergedrängt, taxierten die Wände des ausgeleuchteten Zimmers – **Stell dir vor, ein Zimmer nur für euch ganz allein!** Junim stöberte dreist schon draußen herum. Eine schwere Entscheidung, den Meeresduft aufzugeben für den klebrigen Nachmittagshauch in Nicht groß war die Wohnung, Apartmenthaus Wohnbereich-Schlafbereich-Küche-Bad in Granjaria und karg eingerichtet, Doppelmatratze auf dem Boden, Kleiderschrank, Sitzgruppe, Stereokompaktanlage Marke National, Tisch, zwei gelbe Resopalstühle, Gasherd, Besteck – das Wichtigste war doch: Sie waren zusammen. **Nicht mehr meine Tochter!**, Vilmas Vater, Senhor Camilo. **Verrückt geworden!** ihre Mutter Dona Selma. **Alles so schnell! Was sollen die Nachbarn denken? Das Mädchen ist doch nicht etwa ... um Gottes Willen!** Geheiratet auf dem Standesamt **Erkläre ich sie** an einem Samstag, es hatte geregnet, Brautleute und Gäste und Paten durchnässt aufgeplustert von Windstößen, bei Blitz und Donner die Wände gestrichen, Parkett abgeschliffen – die Flitterwochen, zwei Flaschen Cidre,

der Vorstadt in Cataguases. Nazaré hatte sich das immer gewünscht, aber es musste erst bitter im Leben kommen, damit es so weit war. Nun, an der Schwelle der achtunddreißig, war alles vorbei. Aus dem Haus geworfen, das gar nicht mal schlecht war in Cacuia, sogar ohne die wenigen Möbel zum Morro do Dendê hoch in eine schreckliche Baracke, gestrandet in Rattendreck, Kakerlaken, Moskitos, sie alle neun – Nádia, die Älteste, war schon davongelaufen, reingelegt worden, dem Ruf eines Burschen vom Morro da Pixunga nach, nie wieder. Der arme Matias, nutzlose Last, stromerte angewidert durch die engen Gassen der Favela, aufgedunsener, dürrer Reisig mit fahler Haut, genannt Fahnenstange in der grausamen Zunge der Leute, weil er so zitterte, jedes Mal unterwürfig im Wind, klappernd, flackernd, verzweifelt aus allen Poren den Mann schwitzend, der er einmal gewesen war, bis er schließlich als elendes Häuflein ruiniert auf dem Friedhof von Cacuia endete, vom Schnaps besiegt, in dem sich das Letzte noch aufgelöst hatte, an das sich ein Schiffbrüchiger klammern kann. **Cláudia ist davonge-** drei Dutzend Häppchen und die gemeinsame Freude am Duft der verregneten Tage. Am Montag die Schufterei, hinters Lenkrad des cremefarbenen Transporters vor Sonnenaufgang noch, das Scheinwerferlicht weckt die Vögel am Straßenrand auf, in Itaperuna direkt hinter der Grenze im Bundesstaat Rio den Schnaps aufladen und ohne Papiere nach Cataguases fahren, wo Senhor Lino ihn an die Spelunken verteilte. Zwei Fahrten pro Woche die Landstraße Rio-Bahia ausdribbeln, wo jederzeit plötzlich Polizei kontrolliert, aufmerksam, interessiert vor allem an Kaffee, einem Bierchen, der Milch-für-die-Kinder. Fast ein Jahr einsam über die Waschbrettstraßen aus Staub gerattert mit bangem Herzen, erwischte man ihn, musste er dann ins Gefängnis?, **Lino haut mich da schon raus, Vilma, Einen Scheiß wird er, Dinim,** etwas anderes musste her, aber was?, ganz weit hinten Gedanken an Kinder, **Drei, was meinst du? Zwei kleine Dinims, eine Vilma ...,** doch als die Menstruation ausblieb und ihr schon schlecht wurde, versanken sie im **wie soll das gehen, sich um ein Baby kümmern, wenn ich nicht**

kommen, Kreuzheiliger, so weit weg! in den Fußstapfen eines Religiösen, der ihr einen langen Rock und biblische Haartracht auferlegte und ihr verbot, die Familie zu sehen, als wohnten sie im Haus der Sünde, als gerade vertriebene Adams und Evas der Wollust, Liederlichkeit, Laszivität. Avelina **die Hübsche!** ist Kindermädchen in einer feinen Wohnanlage in São Conrado, blitzsaubere Uniform, gebügelt, so weiß, dass es in den Augen brennt, war anfangs noch einverstanden, sich mit der Mutter draußen auf der Straße am Strand unten zu treffen, wie zufällig an jedem Fünfzehnten, das deutsche Mädchen, die blauen Äugelchen, blonde Haare, ein Püppchen! im Kinderwagen ... **alles gut, Mutter ... hier, eine kleine Unterstützung für die Schwestern ...** Sagte nie, dass sie sie mal den Leuten vorstellen wollte, für die sie arbeitete »Komm mal mit rauf«, noch zeigte sie wenigstens »Drüben, da arbeite ich«, schämte sich ... dann wechselte sie die Anstellung, verschwand ... Hat sich aus dem Staub gemacht, São Conrado, nichts mehr gehört. Suchte schier wahnsinnig in den Straßen von Rio nach dem Geruch, der auch ihrer **einmal Arbeit habe? wenn wir nicht einmal wissen, wo wir wohnen sollen? wenn wir noch nicht einmal richtig angefangen haben zu leben?** So holperten die Tage dahin auf der CG 125, unschlüssig schweigsame Pfade zwischen aufgegebener Landwirtschaft. Und nach Stunden um Stunden des Hin-und-her-Überlegens zerfielen endgültige Entscheidungen innerhalb von Minuten und Schwüre verflogen, kaum waren wieder die Dächer der Stadt in Sicht. Bis Vilma entkräftet die Übelkeit nicht mehr ertragen konnte, den Kopf in der Kloschüssel, Kotze am Mund, an der Nase, in den strähnigen schwarzen Haaren, eine frühere Schulfreundin aufsuchte, die sich mit so was auskannte und ihr empfahl, **vier Cyotec ... und noch drei oder vier in die ... Vagina** schieben, **dann kriegst du so etwas wie Bauschschmerzen, verstehst du?, dann Blut, jede Menge und ... na, dann musst du zum Arzt gehen, Notaufnahme, sag, dass du Blutungen hast, er untersucht dich und sagt, es war ein Abgang und fragt, ob du es absichtlich gemacht hast, natürlich nicht, sagst du dann, schwörst, nein, ganz**

war ... Und Beatriz sträubte sich gegen die Erinnerung, starr *so ein Ende hat niemand verdient* in der Schublade im Kühlhaus der Rechtsmedizin, **Ja, das ist sie!** mein Gott! das schmale Gesicht eingedrückt Impressionsfraktur Freunde? Wo? nichts gesehen? na? nichts gesehen? stumpfer Gegenstand und allen Mut zusammennehmen und alles Zeug auf den Laster laden und abhauen, bevor noch **bestimmt nicht, er macht eine Ausschabung, fertig ...** Drei Wochen danach heirateten sie. Vilma ging an die Uni, Pädagogik, Dinim fing mit dem Schnapsschmuggel an, und Monate lösten sich vom Kalender ab an der Wand, und Dinim blieb von damals ein leichtes Unwohlsein über, bei Vilma Ekel, wenn es nach Desinfektionsmittel roch.

14. LETZTE FASSUNG
(MÄRZ 1983)

Zur Miete hatte Zezé den Verschlag auf dem Morro do Dendê geerbt, war zu faul, sich eine neue Adresse zu suchen, behielt sie doch sowieso, wo sich doch all seine Seufzer dort stapelten. Ab und zu wachte er nachts auf, frierend, der graue Schatten des Vaters geht durstig zum Wasserbehälter, vom unauslöschlichen Feuer des schlechten Gewissens verbrannt, **Junge, schau her, was aus mir geworden ist ...** Andermal wachte er erschrocken auf, Dunkelheit pochte, ersticktes Weinen der Mutter tränkt die Stille in Agonie, werden nie glücklich sein, hatte sie vorhergesehen, In die Enge getrieben war Dinim schließlich doch bereit, sich bei Bochecha vorzustellen, den er vom Sehen aus der Zeit an der Handelsschule Antônio Amaro kannte, *Schauen wir mal, was er zu bieten hat ...* Schon vier Monate gammelte er eingepfercht zombiegleich auf dem Sofa vor dem tragbaren Fernseher, Stahlwolle um die Antenne, Scooby-Doo, Der unglaubliche Hulk, Globo Sport, Nachrichten, Nachmittagsfernsehen, Zeige- und Mittelfinger gelb vom Tabak der Minister, Skol-Dosen überall auf dem losen Parkett, Jointstummel in der leeren Streichholzschachtel, Italian

die Töchter, so hingebungsvoll aufgezogen, die Ferne, die Jahre sorgten dafür, dass die Erinnerung verloren ging, acht abgefallene Nabel – **bei Nádia hat es gedaauuuuert!, bei Junim aber** –, Milchzähne, die Schläge, wie tut ihr das leid, die sie Evelina verpasst hat – **womöglich deswegen** – als sie mit Sandra geschimpft hatte vor ihren Schulfreundinnen – **tat ihr so leid, das arme Ding!** – und Beatriz, nein, eine Mutter darf nicht ihr eigenes Kind begraben, gehört sich nicht, wo gibt es das denn, und all die Male, die Matias vom Schaffen auf der Niterói-Brücke kam, strahlende Augen, **Papa!, Papa!, Papa!**, sich die Kinder an seinen Beinen rieben, sich huckepack nehmen ließen, sich an seine Arme hängten, **Papa!, Papa!, Papa!**, hallt das Gezeter, für einen Moment stockt das Trappeln der Ratten, und sie geht krank nun ans Fenster von Ana Carrara im Umland von Cataguases, im Herzen müde, Krampfadern, Diabetes, das Blei der Verbitterung drückt auf die welke Brust und der Morgen steigt in aller Frühe Frühe zur Arbeit die Hügel hinab. Zezé wäre gern mitgekommen, aber es ergibt sich nicht. Wenn er Pine, um den Bocksgeruch zu überdecken, und der irre Wunsch, tot zu sein, all dem ein Ende zu setzen, würde ihn jemand vermissen? Der Motor des Kleintransporters mit dem Schnaps ohne Quittungen zog nicht mehr, Gaszug?, nein, irgendwas ausgeleiert?, *Verdammt!*, am Ende die Kurbelwelle?, er quälte sich auf den Seitenstreifen zum Halten, der Oktoberabend verdrückte sich hinter die Hügel, er hieb mit der Faust auf das Lenkrad. Öffnete die Motorklappe, raunzte Schwungräder und Keilriemen an, nur der Straßenstaub tanzte, wenn rasend die Lastwagen vorbeirauschten. Er war schon verzweifelt, als ein Variant II anhielt, *Gott sei Dank!* und ein beflissener Polizist in Zivil mit einem Blick unter die Plane den Schmuggel witterte. Hinter Gittern im Knast von Muriaé hörte er, dass Senhor Lino bestätigt hatte, dass der Wagen seiner sei, **Was soll ich leugnen, aber, mein Gott, der Junge hatte ihn gemietet, natürlich kann ich nichts beweisen, in gutem Glauben, Sie wissen ja, wenn ein Wort noch was gilt, wie sollte ich ahnen, um Himmels Willen! In was für einer Welt leben wir!** Tage später, fünf, sechs,

mal antworten würde auf die Annonce im **O Dia** – Gesucht: – und den Omnibus nehmen, sich in die Schlange stellen, ins Stocken geraten bei Fragen, Dokumenten, Schulbildung, Meldebescheinigung, Referenzen, in der schwitzenden Hand in der Gesäßtasche den abgegriffenen, unausgefüllten Arbeitsausweis. Der Polizei gegenüber, wenn sie die Favela abriegelte, wenn in der Stadt kontrolliert wurde, zeigte er reines Gewissen, die Arme und Beine weit auseinander an der Wand. War sich für nichts zu schade: Kies, Zement, Sand, Wasser wurden in seinen Händen Beton und zu blutigen Schwielen, ließen ungewohnt seine Muskeln erschlaffen. Schwindelig wurde ihm von der Höhe, und die Ungeduld machte ihn unachtsam. Als Feuerwehrmann brauchte es Köpfchen, als Anstreicher Sorgfalt, als Elektriker Ausbildung, als Mechaniker muss man sich auskennen, als Handelsvertreter braucht es mehr als nur die sechste Schulklasse. Also Gelegenheitsarbeiten: Nachtwächter, Handlanger, Autowäscher und Aufpasser, Eisverkäufer, Maiskuchen verkaufen, Fliegender Händler für Krabben im Stadtvier- ließen sie ihn wieder laufen, der Dienststellenleiter väterlich: Junge, du solltest Gott danken und dann dem Herrn Lino, dass er die Anzeige zurückgezogen hat, sonst, ich weiß nicht, so jung und schon in solchen Schwierigkeiten. Auf dem Weg nach Hause hatte er Lino auf jede erdenkliche Weise getötet. Doch je bekannter ihm die Landschaft durchs Busfenster vorgekommen war, desto mehr schwand seine Mordlust: Er war der Einzige, der dabei verlieren konnte, immerhin wechselte er fortan vor dem Warenlager die Straßenseite. Arbeitslos nahm ihn Vilmas Familie auf, fütterte beide durch, Hunger soll meine Tochter nicht leiden!, polterte Senhor Camilo zufrieden empört. Es gab Streit. Sie gerieten wegen nichts aneinander. Weil der Vogelkäfig nicht sauber war. Die Aschenbecher nicht ausgeleert waren. In der Dusche das Wasser nicht warm wurde. Über das schreckliche Bild an der Wand. Du suchst doch gar keine Arbeit! Da ist ein Kratzer auf der Platte von Pink Floyd mit dem Prisma! Du wartest wohl, bis was vom Himmel fällt? Deine Familie geht mir so auf den Sack! Wo ist das Scheiß-Feuerzeug! Wenn du

tel Leme. Die vielen Verlockungen durch Zelão, feiner Typ, Kumpel aus Kindertagen, lehnte er alle ab, obwohl mit der Miete im Rückstand, Essen aus Abfallcontainern, Kleiderspenden am Leib. Was soll der Stolz? Manchmal ärgerte er sich, stritt, es drängte ihn, die 38er anzunehmen und etwas Dummes zu tun irgendwo, den Rächer geben, ein verächtlicher Blick von so einem Muttersöhnchen und Bumm!, eine Demütigung durch den schnieken Typen aus dem Apartmenthaus mit den großen Wohnungen, Bumm!, das angewiderte Gesicht der gebräunten jungen Damen, die den ganzen Tag mit dem Hintern nach oben am Strand liegen, Bumm!, die Arroganz der Madams mit den gefärbten Haaren, Bumm!, die Verachtung der Autos der Reichen aus dem Süden der Stadt, Bumm! Und währenddessen verteilte er für ein paar Kröten Handzettel für Restaurants in Copacabana.

weiter so frisst, wirst du fett wie eine Sau! Du Arschloch! Blöde Kuh! Mistkerl! Und die Vermieter in der Wohnung darunter klopften mit dem Besenstiel gegen die Zimmerdecke, **Hört das da bald auf?! Ich rufe die Polizei! Ruf doch die Polizei! Ruf doch die Polizei! Hör auf, Dinim! Hör auf!** Ist ja gut, Ist ja gut ... Dann gehen wir eben baden, Baby. Dann die Nachricht an Bochecha, *Stets, jederzeit, wann immer du willst, mach was aus ...* Also nun vor der Kneipe auf der Straße am Blechtisch, Flasche Brahma und ein paar Kutteln für zwischen die Zähne, **Checkst du das, Mann?, das Zeug lagert bei dir, wenn ich was brauche, sag ich dir Bescheid, komme vorbei, hole was ab, deine Frau braucht es gar nicht zu wissen, kapiert? Bleibt unter uns. Alles klar? Abgemacht? Trinken wir einen!**

15. KURZER ANFLUG VON VERNUNFT
(SEPTEMBER 1987)

Der trockene Marschrhythmus der zivilen Parade zum siebten September überrollte Die Tür Bam! Bam! Bam! Sie versuchten, sie aufzubrechen, der Traum war aus, Vilma

Zézé, der sich schlaflos aus dem Bett gestürzt hatte und auf die Straße geschwankt war, Sperlinge schwirrten im Feiertagsmorgen, Autowäscher in kurzen Hosen, Röcke fegten über den Gehweg, Stimmen vom Bier der Spelunken. Plötzlich war er auf der Avenida Astolfo Dutra, Repenique Surdo Bumbo Trommeln frenetische Fähnchen Lautsprecher **Applaus! Ein großer Applaus für unsere Rekruten!**, das Geschiebe staut sich hinter Absperrband vor dem Durchgang zur Kaserne, ein violettrotes Kind kreischt verloren, von der Tribüne herab winken Anzugträger in Schlips und Kragen Festkleidung Galauniform Leutnant, Raketen knallen, die Füße, mehr spürt er nicht, Dona Darcy, Mutter **die Direktorin sagt, niemand darf fehlen, Lass mal, ich rede mit ihr, leider ...** ohne auf den aufgerissenen Leib der abgetretenen Schuhe zu achten, **sagt, das ist keine Entschuldigung**, das gleich noch mal zu ihrem Mann, der abends die Sohle aus einem Stück Pappdeckel nachformte, das sie vor Sonnenaufgang annähte und das sich schon zwischen Zuhause und Schule zerrieb, was ihn anfangs gestört hatte, die Fußneben ihm atmete Lorax aus, **Vilma!, Vilma!** er sprang auf, erschrocken, versuchte, durch den Fensterspalt etwas zu erkennen, *Die Polizei!*, schlimmster Albtraum, **Vilma! Vilma! Wach auf, Scheiße! Die Polizei! Vilma!**, schlüpfte in seine Bermudashorts, Vilma erwachte wie ein Golem, zwängte sich in eine Jeanshose, ein T-Shirt, sammelte routiniert die gebunkerten Tüten ein, trug sie ins Bad, riss sie auf und schüttete alles in die Toilette, bis schließlich das Kommando kam: Stehen bleiben, alle! und sie vor dem Lauf einer Maschinenpistole versteinerte. Dinim schlüpfte eidechsengleich hinter den Wasserbehälter auf dem Dach, unten verstopfte schon ein Menschenauflauf die Straße. Er horcht still. Lauwarmer Wind haucht träge im Feiertagsmorgen ... Wolken schieben geduldig voran ... Papageien verschleppen die Zeit ... Sonne brennt schon im Rücken ... die Muskeln gespannt schmerzen ... Beobachtet wie ein Vogel. Zwei Zivilpolizisten verlassen das Haus ... Vilma wird ins Heck des Polizeitransporters gestoßen ... Schaulustige drängeln sich ... In der Hocke. Bewegt sich. Sucht eine weniger sichtbare Position. Tastet mit dem

sohle scheuerte an den Vorsprüngen der Pflastersteine, nun aber war er abgestumpft in Erwartung der Tasse Kaffee mit Milch und einem süßem Brötchen, das seinen Magen wohl polstern würde, in Reihe aufgestellt mit Dinim, die neue Schuluniform durchgeschwitzt, flitzte, als alles auseinanderstrebte, durch den weißblauen Menschenauflauf, hockte sich in die erstbeste Bar, **ein Brahma, bitte, hier, hoo!** *Dinim* ... Seit wieder ein bisschen Geld in der Familie war, kam er manchmal nach Cataguases zurück, Weihnachten, Neujahr, Karneval, Ostern, **Stippvisite**, jammerte die Mutter steif, Überbein, mit den Töchtern zerstritten **Ein Durcheinander!**, und man hielt ihn auf Trab, einen tropfenden Wasserhahn reparieren, das Gestrüpp weghacken, die Wand streichen, die Dusche in Ordnung bringen, manchmal kurz eine Funk-Party im Aexas, frenetisch Forró im Pele-e-Osso, nie mehr war er in all diesen Jahren Dinim begegnet, obwohl er glaubte, manchmal, ihn im Gewühl zu erkennen, der Erinnerung nach, in dem Passanten, der er dick, kurze Hosen, missmutig, vielleicht inzwischen geworden war.

rechten Fuß, **Mist!**, findet Halt, hält sich, wickelt sich um die Fernsehantenne, die plötzlich bricht **Scheiße!**, tritt ins Leere, das Viertel und seine Vorstadtbaracken geraten ins Trudeln, er fällt übers Dach, Ruß prägt sich in seine Fettpolster, das Oh! der Zuschauenden, *Mein Gott, ich werde sterben!* und fällt haltlos, verbiegt die Stangen der Markise über dem Gehweg vor der Bäckerei und fällt genau in einen Haufen am Rinnstein zusammengefegter Blätter. Zu fliehen versucht er nicht einmal, Arme, Beine, Knie, Ellenbogen aufgeschürft, Blut aus der Nase, der rechte Knöchel gehorcht nicht mehr, an seinem Kopf ein Revolver, nichts geht mehr, ein spöttisches Lachen, **Auseinander, gehen Sie auseinander!** Er wird in Handschellen gelegt, weggeschleift, und dann stoßen sie ihn Vilmas geschlagenem Antlitz entgegen **Vilma ... alles in Ordnung ... Mach dir keine Sorgen ... Es ist alles in Ordnung ...** Dann verschwindet die Sirene heiter weit weg. Nach und nach mischen sich unter die Leute, die langsam auseinandergehen, Schüler in blau-weißen Schuluniformen, zurück von der Parade zum siebten September, verschwitzt, humpelnd, heiter.

16. DER ZARTE KLANG DES DONNERS
(NOVEMBER 1988)

Aus den Spalten zwischen den Pflastersteinen geschwemmt leckt mit gespaltener Zunge die Hitze über die ohnmächtig liegende Landschaft aus Häusern, ermüdeten Autos; Gift für die Gummilatschen, Schuhe, Sandalen, nackten Fußsohlen, die ausgelaugt vor dem Haus wartend stehen, sengt flammend an Veilchenbäumen in voller Blüte, violett; um Zezé herum und unter ihm auf der weiß gefliesten Zementbank, ein Paket mit drei eingewickelten Päckchen Hollywood in der rechten Hand, *Ob das die Zigaretten sind, die er raucht? Raucht er überhaupt?*, links in der Hand eine durchsichtige Plastiktüte, zwei Äpfel, ein halbes Dutzend Bananen vom Land, zwei geschälte Orangen, *Bestimmt doch!*, wartet ungeduldig den Beginn der Besuchszeit ab, kalte Hände, kalte Füße, die Mutter **Fang damit erst gar nicht an, Junge, tut dir nicht gut, alle Welt wird dich schief ansehen ... Reicht es nicht, dass Sandra getan hat, was sie getan hat, die Arme noch demütigen, wo sie schon nur noch Haut und Knochen ist? Und jetzt du, lässt dich mit diesen Leuten ein ... hab doch Mitleid, mein Junge, denk doch nur ein einziges Mal an deine arme ...** Er hatte monatelang mit sich gerungen, seit er aus dem Gerede an Weihnachten erfahren hatte, dass in Granjaria ein Pärchen in den Knast gegangen war wegen Drogenhandels und, nachgeforscht, rausgekriegt hatte, **Dinim, Mutter!, weißt du noch? Hat doch auch in der Gasse gewohnt, na? erinnerst du dich? wir waren *so* miteinander, hier, immer zusammen ... nicht?** Achtundzwanzig Jahre! Wie war es ihm wohl ergangen bis dahin? Seit der Kinderzeit, Impfnarben auf der Haut, Narben, Verbrennungen; Mumps, hat sich schonen müssen – *Renn nicht, du Miststück, das zieht bis zum Sack runter!*, als er einmal gesprenkelt aufgewacht war, eine Woche lang keine Hausaufgaben, Röteln, Windpocken; die junge Frau hatte die Brust rausgeholt, Milch auf den kleinen Löffel gedrückt, die Mutter hatte das Auge fest aufgehalten, *Los, mach schon, verdammt!*, hineingetropft, den Splitter ausgespült, ach, der Busen der jungen Frau ... Jurubeba-Tee morgens, Jurubeba-Eintopf zu Mittag, gekochte Jurubeba zu Abend, Jurubeba zur Nacht und zerkaut: kein Blasenproblem, das damit nicht zu lösen ist!, Anämie? Leber, Rote Bete; baumelnder Fußzeh, Glasscherbe, *Mach Zucker drauf, dass es aufhört zu bluten! Verbrenn einen Lappen darüber gegen Tetanus! Heißer Essig ist gut! Bitte Sá-Ana um den Gefallen*; als er sich einmal den Tod wünschte ... und starb ... so oft immer wieder ... was war aus ihm geworden? Ein Niemand! Von der Hand in den Mund, ein Tagelöhner, am Rand des Verbrechens und für die Polizei nicht mal ein Gauner, ein Aussätziger auf der Suche nach fester Arbeit: Morro do Dendê?! ... Das kleinste Bisschen sparte er sich vom Mund ab, um der Mutter zu helfen, die festgestampft in Cataguases saß, an die Universalkirche Reich Gottes glaubte, von Gaben und milden Brosamen lebte, das Glück hatte, einmal für eine Fernsehsendung ausgelost worden zu sein, sonntags die Kinder überall in der Welt zusammentelefonierte, dass sie mal kommen sollten, nur für einen Tag, wenn es nicht anders geht, lieber Gott, sie einmal noch zu bemuttern, für ein paar Stunden nur ... Gehorsam stellt man sich in der Schlange an, Frauen, Kinder wie Bündel seitlich an der Hüfte, ein Hund kratzt sich gereizt das Fell, Kinder schwärmen aus, plärren, tun sich weh, alte Leute kauen auf Niederlagen, ein junger Mann bietet aufgekratzt Mangos aus einem Sack an, **Nehmen Sie, nehmen Sie nur, habe ich meinem Bruder mitbringen wollen, aber der kommt heute raus!, nehmen Sie!**, die Welle schwillt an, das Stimmenwirrwarr wird lauter, Jugendliche winken heiter in Richtung der Gitterstäbe, hinter denen nichts zu erkennen ist, **Eiiis am Stiel! Eiiss am Stiel!**, ein Straßenhund schnüffelt im Pissegeruch in der Luft nach seinem Herrchen, eine Frau buchstabiert mit gesenktem Kopf ihre eigene Schicksalsgeschichte **... gut ... aber in schlechte Gesellschaft ... noch zwei Jahre bis ...**, Gezeter umringt die Arrestanstalt von Muriaé. Zezé steht zögerlich auf, überlegt, lohnt es sich? Wer wohl von denen, die sich da übereinandertürmen, ist ein Verwandter von Dinim? Die Frau sicher nicht, seine arme Frau, die steckt in Miraí im Gefängnis, sagt man, aber der Vater vielleicht, ob die Mutter noch lebt?, wie hieß sie noch einmal? Hingehen, ansprechen, **Dinim, hier, erinnerst du dich noch an mich?**, und wenn er nur blöde den Kopf schütteln würde ... Und wenn, **Klar, Zezé, wie geht es denn so?**, was, wenn danach **Scheiße, Mann, Große Scheiße, was! Aber du bist ja bald raus, kommst bestimmt**

wieder auf die Füße ... Und du?, was hast du so im Leben gemacht? Ich? *Ich* ... Die Schläfen entlang rinnt der Schweiß, seine Stirn wird feucht, breitet sich unter den Achseln, über den Rücken aus, tränkt das Baumwollhemd.

Das Tor geht auf, aufgeregt schlurfen Füße.

17. DER GLOCKENSCHLAG DER ENTSCHEIDUNG

(MÄRZ 1994)

Zezé nippte an der Caipirinha, festgenagelt in der Ecke der breiten Veranda, Asbestplatten drüber, die Wände unverputzt, Boden noch nicht ganz fertig, im zweiten Geschoss eines Baus ohne Genehmigung, über dem Gehweg ein Sandhaufen, eine vergessene Schaufel, die Arbeiterhäuschen von Taquara Preta die Biegung des Rio Pomba entlang. Mitten im Raum auf einem riesigen Tisch – den drei Bizepspaare gut vertäut an einem Seil reingezerrt hatten – zwei Stapel bernsteinfarbene Colorex-Teller, zwei noch verschlossene Päckchen Servietten, eine Tupperdose mit Messern und Gabeln mit cremefarbenen Plastikgriffen, einige saubere Wassergläser, einige schon benutzt, zwei halbleere Plastikflaschen Guaraná, eine Schüssel Vinaigrette, eine Schüssel Maniokmehl. Der Kühlschrank links voll mit Bier. Dann in der Nähe neben dem Herd eine Frau, graue Haare, Dose Skol in der Hand, schaut dem Reis in zwei Töpfen beim Kochen zu. Fliegen schwirren. Der Rauch vom Grill räuchert die Wäsche auf der provisorischen Leine. Der Morgen schmilzt in der Hitze allmählich dahin.

Der Samba aus den zwei Lautsprecherboxen der Kompaktanlage »Gradiente« schüttelt drei Jugendliche in kurzen Hosen und Tanktops durch und zwei Frauen in Bermudas und Bluse. Vier Burschen tun sich groß vor Renatim – hatte er schon gleich beim Reinkommen gegrüßt –, der mit dem Messer in der Hand kleine Fleischstücke teilt, die sie gierig in angeregter Diskussion über Fußball verschlingen. Vier Kinder stürmen die Treppen hoch und runter, stolpern über den Hund, der ergeben schon wieder den Platz wechselt – die Mütter schimpfen, ziehen sie an den Ohren und drohen mit Strafen. Senhor Procópio, Vater von Bolão, der das Fest gibt und noch gar nicht da ist – **Ist noch mal raus, Salz kaufen, ist gleich zurück** – breitet die Arme erklärend aus: **Hier kommt noch ein Anbau hin, Adroaldo** – Adroaldo, Bolão – **will hier noch einen Billardtisch hinstellen und einen Tischfußball … Ach, und da, wo der Waschtrog ist, an die Seite, wird er eine Ablage bauen, wo man die gewaschene Wäsche hintun kann, wer will denn, dass seine arme Mutter sich ständig bücken muss … Rheumatismus … Hier, wo noch nichts ist, da …**

Vor dem Haus, über die ganze Wandbreite im ersten Stock, brüllt ein Banner mit Löchern, damit es der Wind nicht abreißt, in riesigen roten Lettern **Willkommen Dinim!** und in kleinerer schwarzer Schrift: DEINE FREUNDE EMPFANGEN DICH MIT OFFENEN ARMEN.

Mit dem Zeigefinger rührt Zezé Limone und Eis auf dem Boden des Glases um. Bolão hatte Dinim ihm damals vorgestellt, Mitgefangener im Gefängnis von Muriaé, zusammen mit Besame-Mucho, der immer noch sitzt, weil er seine Frau erwürgt hat, **die Schlampe, Zezé, reine Zeitverschwendung!** Seit seinem ersten Besuch waren Jahre vergangen!, seit er Zigaretten, Äpfel, Bananen und geschälte Orangen gebracht hatte (**kennst du mich noch, Dinim?: Zezé …**) und sich mit den Pechvögeln anfreundete. Erst vorsichtig, wollte sich nicht schmutzig machen mit diesen Kerlen, wer weiß, was für Geschichten sich hinter dem Gejammer verbargen, Sonntag für Sonntag!, doch nach und nach hatte er sich mit ihnen verstanden. Und war von Zeit zu Zeit dorthin geflüchtet vor dem häuslichen Elend in Cataguases – die Mutter, die sich von Krankheit zu Krankheit schleppte, dann jeden Monat am Wochenende, schloss am Busbahnhof Novo Rio die Augen und schlug sie erst wieder am Ufer des Muriaé auf. Die Zeit lehrte ihn, dass es nichts ausmachte, wenn er ihnen, falls sie es wünschten, ein paar Gramm Shit in der Socke in ihre Zelle mitbrachte, oder Tütchen mit Kokain in der Unterhose. Nur ein kleiner Schritt, bis Dinim sagte, **Bochecha ist ein korrekter Typ, Junge, korrekt**, kannst vielleicht behilflich sein, nicht viel zu tun, die Mutter enttäuscht von den Ärzten, **Redet doch mal, Junge, wer weiß …** Also Folgendes: Donnerstags traf er am Largo do Machado einen – woher, keine Ahnung –, freitags nahm er mit seiner braunen Kunstledertasche den Bus nach Cataguases. Samstagabend sagten sie ihm, wohin zu liefern war – was genau, fragte er nie –, er steckte den Umschlag ein, sein Honorar. Nach so vielen Fahrten war Lopes, der Busfahrer, längst sein Freund, auch die anderen, die regelmäßig den Bus nahmen, Dona Glorinha, die zur Behandlung – *schon wieder Krebs?* – ins Krankenhaus Servidor fuhr, Jonas, der sagte, dass er in Fundão Ingenieur studierte, Carmen, die gut aussehende Dunkelhaarige, die allerlei Kleinkram in Vila Reis verkaufte, Volnei, der in Bangu Käse aus Minas vertrieb, Virgínia mit ihren Botschaften vom Licht des Seicho-No-Ie ... Mit dem, was er damit zusammenkratzte, hoffte er, für die Muter ein Dach kaufen zu können; irgendwann, doch zu spät, kaufte er wirklich auf Raten ein Stückchen Land auf dem städtischen Friedhof, der unförmige Haufen unter dem Holzkreuz Maria de Nazaré Teixeira wartet auf bessere Zeiten **Da!**, jemand zeigt mit dem Finger, Füße eilen zum Fenster **Da ist er! Da ist er!** zur Treppe. Ein Taxi steht unten, Dinim hochmütig, der Hund wedelt mit dem Schwanz.

18. PULSIEREN
(1995)

altes Jahr / Gutes Neues Jahr / Möge alles in Erfüllung gehen / Im Jahr, das da kommen wird / Viel Geld in der Tasche / Und viel Gesundheit wollen wir sehen. **Heeeee!** Euphorisch, in Hemd, kurzen Hosen, Unterhose, Socken, weißen Schuhen ließ Renatim den Korken knallen und verplemperte den Georges Aubert in die Gläser auf dem Tisch **Auf 1995! Auf 1995!** Rufe vom Orchester erstickt, das **die größten Karnevalserfolge von früher** anstimmte *weiße Liebe / ich kann nicht mehr ...* Weiße Bekleidungen fielen sich in die Arme und küssten sich, Renatim, Zezé, Bolão, dessen Frau Rita, Paulina, die Schwägerin, Dinim und seine gesprächige Freundin, deren Namen er brüllte, den aber niemand verstand, dann kippten sie den Champagner hinunter. Aufgekratzt führte Renatim die Polonaise an, hinter ihm Paulinha, Rita und Bolão, aneinandergeklammert durch den Clube do Remo *Hallooo, hallooo / Die Sonne brennt soooo / Wir sind durch die Wüste Sahara gerannt / Und die Sonne so heiß*

/ Hat unsere Gesichter verbrannt / Hallooo, hallooo! Frustriert mühte sich die junge Dame, Plateausohlen über die Tanzfläche schiebend, Dinim zu ermuntern, wirbelte ihm Luftschlangen um den Kopf, bombardierte ihn mit Konfetti vom Boden. Beim dritten Versuch, ihn in die Strömung zu reißen *ich will / Mama, ich will / Mamaaa lass mich doch maaaal / Gib mir zu nuckeln / Gib mir zu nuckeln / Mamaaaa, lass mich doch auch einmaaal* schubste Dinim sie zurück, brachte sie aus dem Gleichgewicht, schleuderte sie gegen die schwitzenden, aufgeregt hüpfenden Schultern, sah sie etwas Unhörbares schimpfen und dann im Strudel der Menge verschwinden.

Mit einmal stand Dinim auf, dass der Stuhl umkippte, fluchte, stampfte die Schachtel Carlton in die Hemdtasche des Guayabera, schnappte sich seinen Whisky und stürzte taumelnd und tumb Richtung Ausgang, immer und immer wieder hinein und heraus aus der Masse der zusammengedrängt Feiernden, Zezé verständnislos hinter ihm her. Als er eine Lichtung fand, etwas vom Tanzsaal entfernt, blieb er stehen, die linke Hand auf den gepflegten Rasen der Böschung gestützt, Beete mit kleinen Margeriten, ein Höllenspektakel da drinnen, es fällt ihm die Flasche aus der Hand, er hält den Atem an, alles dreht sich, er schwitzt aus allen Poren, die Beine geben nach, er beugt den Körper vor, und es bricht aus ihm heraus, alles auf die neuen Turnschuhe. *Nimm das Leben nicht so schwer / Alle tanzen auf dem Seil / Nimm das Leben nicht so schwer / Witwe, Teenager und Herr* und Dinims Ängste, Zezé hinter ihm hört Gurgeln von bitterem Ekelgestank. Sterne sprenkeln den schwarzblauen Himmel.

Zitternd wieder auf den Beinen, bewegt sich Dinim zögernd, geht vorsichtig durch das Drehkreuz, findet den Gehweg, die ländliche Frische der Nacht streicht ihm übers Gesicht, dringt in seine Lungen, belebt ihn. Er geht schweigend die leere Straße weiter, über die Neue Brücke, Zezé buchstäblich auf seinen Fersen, späte Feuerwerksraketen knattern, ein Bettler träumt betrunken allein auf dem Bürgersteig. *Schaukel hin, schaukel her / Tanzen will ich mit dir / Komm in den Reigen, kaffeebraune Schönheit / Schaukel, schaukel* der Wind frischt auf, auf der Praça Rui Barbosa setzen sie sich auf die Stufen des Pavillons.

Dinim: ... vermisse ich schon ziemlich, Mann ...

Zezé: Wie bitte?

— Vilma ...

— Was ist mit Vilma?

— Ich hab ihr das ganze Leben versaut, Mann ...

— Versaut?

— Versaut ... Manchmal denke ich ... Scheiße, Mann, hätte ich gewusst, dass ... (Pause) Mist! Man stellt so eine Scheiße an ... Dann ... geht ja nicht ... kommt man nie wieder raus ... Könnte ich ... (Pause) Wir hatten ja keine Ahnung ...

(Pause)

— Wo ist sie?

— Was weiß ich ... Als sie dann raus war ... wohl umgezogen ... Ipatinga ... hat erst mal bei einer Freundin gewohnt ... weiß nicht genau ...

(Pause)

Zezé: Kannst du dich noch an Dona Aurora erinnern?

Dinim: Dona Aurora?

— Ja, unsere Lehrerin an der Flávia Dutra ... Weißt du noch?

— So eine, die einen Fleck im Gesicht hatte?

— Ja genau, die ...

— Was ist mit der?

— Weißt du noch, wie verliebt du in sie warst?

— Ich?

— Ja, du wolltest sogar bei der Bank arbeiten, wenn du groß wärst ...

— Bei der Bank? (Pause) Mann, das stimmt ... Wie hast du dir das denn gemerkt?

— Du weißt doch noch, dass du bei der Bank arbeiten wolltest, weißt du doch noch, oder?

— Nein ...

— Weil ihr Mann bei der Bank war ...

— Echt? Heilige Scheiße, du kannst dich an Sachen erinnern!

(Pause)

Dinim: Wie kannst du dich an so was erinnern?

Zezé: Ich kann mich an alles erinnern ...

— An alles?

— An alles ...

— Einen Scheiß kann ich mich erinnern ...

— Besser für dich ...

— Besser?

— Ja.

— Wieso besser?

— Tut dir alles nicht mehr so weh ...

— Tut nicht weh?

— Ich kann mich an alles erinnern ... Und das tut weh ... Ich kann mich an das erste Mal erinnern, als mich meine Mutter mit einem Latschen geschlagen hat, meine arme Mutter, auf den Hintern ... Ich weiß noch, wie ich eine nackte Frau gesehen habe, drüben auf der Insel, weißt du noch, die Insel? Ich weiß noch jedes einzelne Mal, dass die Leute mich verächtlich angesehen haben, hier und in Rio ... Und an das Lineal von Dona Ângela, unserer Lehrerin im vierten Schuljahr, das sie auf meinem Kopf kleingeschlagen hat, Dummer Negerjunge! hat sie gesagt, die ganze Klasse hat gelacht ... und das Rechenbuch, das ich einmal gekriegt habe, völlig zerfleddert ... Ich hab mir Tesa besorgt, hab es eingebunden ... Und alles ... ein Haufen Zeug ... (Pause) Deswegen sage ich, du hast Glück, dass du dich nicht mehr erinnerst ...

(Pause)

Dinim: Ja ... du erinnerst dich ... ich muss nachdenken ... Keine Nacht schlafe ich ... in meinem Kopf hämmert es, dass ich falsch abgebogen bin, irgendwo mal die falsche Weggabelung genommen habe ... Und dass jetzt nichts mehr zu machen ist ... Dass ich am Arsch bin ... Und alle, die mit mir zu tun haben, sind auch am Arsch ...

(Pause)

Dinim: Wir kommen da nicht mehr raus, wir nicht ...

Zezé: Was redest du, Mann?

— Verdammt, Zezé, ich schlafe nur noch mit Valium, habe ein Magengeschwür, Cholesterin, Bluthochdruck, bin zu fett, rauche wie Sau, trinke wie Sau, ziehe mir Sachen wie Sau rein ... (Pause) Alt, Mann ... ich fühle mich alt ... Ich bin fünfunddreißig, du auch, oder?, fünfunddreißig ...

(Pause)

Dinim: Mann, jeden Tag denke ich darüber nach ... jeden Tag ...

Zezé: Worüber?

— Keine Ahnung ... noch keine Ahnung ... Aber es muss einen Weg geben ...

Dinim lässt sich rückwärts fallen, streckt sich aus, verschränkt die Arme im Nacken, die Augen ins Leere des gewölbten Muscheldachs.

Zezé steht auf, kickt mit dem Fuß eine leere Kaiser-Bierdose weg und geht pinkeln an einen Johannisbrotbaum.

19. IST DRAUSSEN JEMAND?
(MÄRZ 2000)

Schnaufend stampfen Zezé und Dinim barfuß durch den Sand an der Praia do Centro. Als die Sonne im türkisen Wasser des Atlantiks versunken ist, legt sich zartes Licht über die Gebäude und Häuser von Marataízes. Dinim fett mit Schirmmütze, Badehose, ohne Hemd, geht neben Zezé, Badelatschen unter die Achsel geklemmt, ausgeschnittenes Trägerhemd, kurze Hosen, Ray Ban.

— Und?

— Was?

— Bist du dabei, oder nicht?

— Scheiße, Dinim, so geht das nicht ...

— Scheiße, Zezé, ich brauche eine Antwort! Die Sache ist reif, wenn du zu lange wartest, Zack!, bleibt das Ding faul am Baum hängen ...

Sie durchqueren ein Strandfußball-Spiel.

— Schau mal, Renato und Bolão haben den viel gefährlicheren Teil. Sie bereiten das alles vor. Du nicht ...

— Sagtest du schon ...

— Es ist alles genau durchdacht, Zezé! Der Typ geht immer allein auf sein Grundstück, um sechs ...

— Ein altes Ehepaar kommt ihnen entgegen.

— Was du machen musst? Aufpassen ... Den Kerl nur nicht abhauen lassen ...

— Scheiße, Dinim, das ist heftig!

— Wieso denn heftig, verdammt! Das ist genau unsere Rettung, Mann! Denk drüber nach. Wenn es vorbei ist, haue ich ab! Und was machst du mit deinem Anteil?

Ein Pitbull kommt ihnen entgegen, sein Herrchen hinter sich herziehend.

— Ich weiß schon, was ich mit meinem Teil mache: Ich stürze mich in dieser Welt Gottes ins Leben. Brasilien ist groß, Mann, gigantisch. Ich verschwinde irgendwo in so einem Loch, Mato Grosso, Goiás, Rondônia ... Fange noch einmal ganz von vorne an. Heiraten, Kinder ... ein Eckchen für mich ganz allein ... Hey, Junge, hast du noch Eis da? Zezé, willst du Eis am Stiel?

20. ECHOS
(NOVEMBER 2001)

Regen, dieses Geräusch? Dieses Summen im Kopf? Das haben ihm die »Telefone« eingebracht: Blut aus dem Ohr, Ventilatormotorbrummen zuuuuuuuuuuuuuuummmmmmmmmmmmmm und kein Ende. Ihm fehlt der Antrieb, sich von dem Podest unter dem Doppelstockbett zu erheben und nachzusehen durch die Gitter, die Mauern, die Berge. Regnet es in Cataguases um diese Zeit? Einmal ist bei Barbacena ein Wolkenbruch niedergegangen, der Rio Pomba ist angeschwollen, gestiegen, gestiegen und über die Ufer getreten, bis rein in die Häuser, von einem hat er die Wand weggerissen, aus anderen hat er Sofas, Betten, Kinderbettchen, Stühle, Gasflaschen weggespült, zwei sind ertrunken, die es nicht hatten kommen sehen, und einer, der sich mutig gefühlt hatte. Damals hat er noch in der Gasse gewohnt, sie sind aufgeschreckt raus aus dem Haus, als das Wasser schon an der Tür geklopft hatte, Kleidung, Vorräte, alles weg. Zwei Tage lang hatten sie sich auf der Terrasse von Senhor Pinto verkrochen, was für ein Spaß! Hatten zusammen gekocht, alle, auf einer improvisierten Feuerstelle, alles, was ihnen geblieben war, Reis, Bohnen, Maismehl, wenig Fleisch. Waren zum Schlafen dann alle zusammengerückt, Frauen in der einen Ecke, die Männer mit Schnaps, Zigaretten und dummem Geschwätz um ein Feuer herum, die Kinder sich selbst überlassen, frei hinaus in ihr Kinderleben. Regnet es? Feuchtigkeit im Zimmer, wo war er gewesen?, hatte Rheuma in seine Gelenke getrieben, an seinen Knochen genagt, ihm jeden Antrieb genommen.

Sein Rücken tut weh, Schläge, Hiebe, Fußtritte, Prügel, Hiebe, Ohrfeigen, Backpfeifen, Stockschläge, Kopfnüsse, Stöße, der Arzt wollte sich um ein Röntgenbild kümmern, bis heute nichts. Das linke Bein steif, im Mund fehlen einige Zähne. Im Gefängnis von Neves wimmert die Nacht unter der Folter. Hustet beklommen, klagt, lamentiert, jammert, beschwert sich, leidet. Im Dunkel der Zelle pfeift eine Maus, verschwindet im Latrinenloch. Vater steckt sich eine Arizona an, sitzt am Kopfende, und es bleibt diese winzige rote Glut in der Dunkelheit, ein Glühwürmchen, das angefacht ein schlecht rasiertes Kinn aufleuchten lässt, Lippen, die Nase, die rechte Handmuschel. Müdigkeit kettet eine Zigarette an die andere. Hatte so geschlafen, angespannt, das Rauschen der Stromschnellen als Nachtgesang. Regnet es?, will er fragen? aber er will keine Antworten mehr. Ob ein Wolkenbruch kommt oder die Sonne brennt, ob es Montag ist oder Samstag, Mittag oder drei Uhr nachmittags, was macht das schon?, was würde es ändern? Dona Aurora erlaubte ihm, das Klassenbuch und alle Bücher zum Sekretariat zu bringen. Er war stolz, überquerte den Schulhof erhaben und unter den neidischen Blicken der anderen. Maria Aparecida Albino hatte vor Wut geweint. Sie, deren Aufsätze alle auf der Tafel vermerkt waren, als gutes Beispiel und Vorbild. Wie viele in die Wand geritzte Hölzchen? Sah Ana Lúcia im Garten schmoren im grünen Bikini, lang auf dem Handtuch ausgestreckt auf dem Zement, Coca-Cola zum Braunwerden, sogar ein paar Härchen vielleicht, unsicher, Ana Lúcia, nie mehr, in São Paulo, heißt es, in São Paulo ... Bolão wohl von hinten erschossen, wollte noch aus dem Fenster springen, die Kugel direkt in den Hinterkopf hat ihm das Gesicht auseinandergerissen. Seine Mutter hat den alten blutigen Gummischuh aufbewahrt, die zerrissene Kette, die auf dem Fußboden aus grobem Zement liegen geblieben war, im Wohnzimmer auf dem Grundstück im Wald von Xerém. Der Erzzug fuhr von Recreio um sechs Uhr früh ab und pfiff durch den Bahnhof von Eugenópolis um halb zehn. Oma Maria, die nach Maisstrohzigaretten stank, nahm ihn auf den Schoß, trug ihn triumphierend zum Pferdekarren. Opa Jucélio, die Peitsche in der Hand, scheuchte den Falben Rompedor, und Peri, der Rüde, machte den Weg frei zum Hof. Hee! Ja! Los! Innerhalb von drei Tagen waren sie beide tot. Erst starb sie, ohne einander konnten sie nicht leben. Zwei Tanten, nur Sandra, die Patin, hat geheiratet, Ronaldo mit seinen Dollargeschäften – als sie reich waren, haben sie eine Wohnung an der Praça Rui Barbosa gekauft, ein Haus in Guarapari, sind sogar mal im Ausland gewesen, Disneyland mit den Kindern. Die anderen, Isabel und Abigail, haben für andere Leute genäht, bis die fertigen Sachen kamen und sie in Rente gehen mussten, mal rein und mal raus aus der Klinik São José in Leopoldina, dumm von den ganzen Beruhigungsmitteln; Hebe ist zusammengebrochen, wurde in Estrela Dalva beerdigt, neben der Mutter und Oma Nilda, Großvater Quim, ihrem Vater, und Schwester Pérola, die, als sie fünfzehn war, Pflanzenschutzmittel geschluckt hat; die hat er nicht einmal kennengelernt. Iracema ... Renatim ist verrückt geworden, hatten sie ihn gewarnt. Ist wohl von der Bildfläche verschwunden, wollte sich immer schon in Pará niederlassen, hat sogar dort mal gearbeitet, als er jung war, auf der Jagd nach Bauholz im Wald von Marabá, wie er sagte, Los geht's!, und die Motorsäge frisst sich in den stumpfen Stamm, bräääammm. Iracema heißt was genau? Vilma kaufte ein Buch *Babynamen* und zeigte es her, hier, schau: **Anagramm von America, Guarani: Lippen aus Honig. Lippen aus Honig** ... Die Mutter verbrachte die Zeit auf dem Sofa – Junge, bring mir ein Glas Wasser; Junge, hol dieses und jenes Medikament; Junge, ich bin so müde; Junge ich will tot sein – oder im Haarsalon – Junge, ich bin eine Königin; Junge, kauf mal einen Ohrring und einen Ring; Junge, Cataguases ist viel, viel zu klein. Schluchzte krampfartig, lachte, dass die Kiefergelenke schmerzten. Junge ... Du kommst nach deiner Mutter, der Irren! Senhor Afonso kam in die Zelle in Muriaé, fertig, nicht wiederzuerkennen. Das Gesicht voller Falten, abgemagert, Augenringe, nur noch wenige, weiße, fettige Haare, das Hemd aus der Hose, die Schuhe ungeputzt, Junge, wie schrecklich!, sah aus wie ein Hund, den man von der Ladentür wegjagt. Wenigstens das nicht, bekam das Neueste gar nicht mehr mit, **Polizei zerschlägt Entführerbande**, sogar in der Zeitung kam es, in Rio, im Fernsehen, ersparte sich den Schimpf und die Schande. Die Mutter fragte aufgelöst,

Hast du das gehört? Hast du gehört, Junge? Das Ende der Welt! Und im Flüsterton: Nimm mich in den Arm, Junge, nimm mich in den Arm. Ich habe solche Angst zu sterben! Zezé, in dem Augenblick, elf Bleisplitter, innere Blutungen, Thoraxtrauma, habe ich auch wieder angefangen, mich zu erinnern, an alles zu erinnern, Zezé, an alles!

LUIZ RUFFATO

MAMA, ES GEHT MIR GUT

VORLÄUFIGE HÖLLE, BAND 1

Aus dem Portugiesischen von Michael Kegler

Schonungslos beschreibt Luiz Ruffato die Härte, die Entbehrungen und die Grausamkeit des Landlebens, das die Welt italienischer Einwandererfamilien im Hinterland der Berge von Minas Gerais in der ersten Hälfte des letzten Jahrhunderts prägt.

Das Buch bildet den Auftakt des Romanzyklus »Vorläufige Hölle«, mit dem Ruffato den Armen, den einfachen Leuten, den Migranten eine Stimme verleiht. Er hebt sie aus ihrer literarischen Vergessenheit und lässt so die Geschichte des brasilianischen Proletariats wieder auferstehen. Innere Monologe alternieren mit poetischen Passagen, mit Szenen von dramatischer Intensität. Unprätentiös, frei von Sozialromantik und auf höchstem literarischen Niveau. Ruffatos Saga des proletarischen Brasilien ist nüchtern, schmerzhaft und kompromisslos.

»Brasilianische Proletarier, Migranten, Farbige: Ihr Leben ist eine Hölle, die nicht enden will. Ruffato berührt die offenen Wunden der brasilianischen Geschichte, den Rassismus, die permanente Gewalt. Luiz Ruffato – ein moderner Dante.«

Ruthard Stäblein, Hessischer Rundfunk

ISBN 978-3-86241-421-5
160 Seiten | gebunden | 2. Auflage 2013
E-Book 978-3-86241-604-2

LUIZ RUFFATO
FEINDLICHE WELT

VORLÄUFIGE HÖLLE, BAND 2
Aus dem Portugiesischen von Michael Kegler

Zé Pintos Gasse, eines der Armenviertel der Textilindustriestadt Cataguases im Landesinneren Brasiliens, ist Dreh- und Angelpunkt dieses zweiten Teils des Romanzyklus »Vorläufige Hölle«. Sie ist Zwischenstation und vorübergehende Heimat derjenigen, die aus dem kargen, archaischen Leben auf dem Land in das Elend der Städte ziehen. Wohnstätte der Dienstboten und Industriearbeiter, Ausgangspunkt der nächsten Migration. Ziel der vergeblichen Rückkehr.

Mit geradezu körperlicher Empathie stellt Luiz Ruffatos Projekt einer Geschichte des brasilianischen Proletariats Individuen in den Vordergrund, die umgeben von einer großen und feindlichen Welt im Sog der Geschichte zu überleben versuchen.

»Die Unterschichtsaga ›Vorläufige Hölle‹ hat den 52-Jährigen endgültig zu einem der wichtigsten Vertreter der zeitgenössischen Literatur Brasiliens werden lassen.«

Victoria Eglau, dradio Büchermarkt

»Dieser Mann ist viel zu gut, um wahr zu sein. Luiz Ruffato ist der Erzähler der Stunde, dem wie keinem anderen zurzeit die glaubwürdige und aufregende Vereinigung von Form, Inhalt und Moral gelingt.«

Mathias Schnitzler, Berliner Zeitung

ISBN 978-3-86241-430-7
192 Seiten | gebunden | Deutsche Erstausgabe
E-Book 978-3-86241-605-9

LUIZ RUFFATO
TEILANSICHT DER NACHT

VORLÄUFIGE HÖLLE, BAND 3

Aus dem Portugiesischen von Michael Kegler

Der »Fortschritt« – Schlagwort der technokratischen Siebzigerjahre – kommt bis nach Cataguases: Anstatt in gemieteten Verschlägen am Flussufer auf das nächste unweigerliche Hochwasser zu warten, baut, wer es sich leisten kann, im Stadtteil »Paraíso« am Stadtrand, wo gestern noch magere Kühe zwischen Termitenhügeln an trockenem Gras kauten, bescheidene Häuser aus Backstein. Den Kindern soll es einmal besser gehen.

Auch im dritten Band des Romanwerks, der zwischen Militärdiktatur, Pop und vermeintlichem Fortschritt im brasilianischen Hinterland spielt, vermischen sich Fiktion und Erinnerung, staunende Kinderaugen und das Delirium Sterbender zu einem kraftvollen Tableau all der unspektakulären Leben, die eine Gesellschaft ausmachen.

»Luiz Ruffato verfolgt das wohl ambitionierteste Vorhaben in der brasilianischen Literatur der Gegenwart. Eine Chronik seines Landes im 20. Jahrhundert.«

Johann Kneihs, Österreichischer Rundfunk

»Der Roman entwickelt einen ungeheueren Sog. Schnelle harte Schnitte, Perspektivwechsel, innere Monologe wechseln mit Dialogen, Montagen aus Geräuschfetzen, Radio- und Fernsehsendungen; alles zusammen ergibt puzzleartig ein Gesamtpanorama der brasilianischen Gesellschaft.«

Eva Demmelhuber, Bayerischer Rundfunk

ISBN 978-3-86241-434-5
144 Seiten | gebunden | Deutsche Erstausgabe
E-Book 978-3-86241-624-0

LUIZ RUFFATO
ES WAREN VIELE PFERDE

Aus dem Portugiesischen von Michael Kegler

»Ein Revolutionär der brasilianischen Literatur, ein Weltliterat. Der vielleicht wichtigste brasilianische Roman der letzten Jahre. São Paulo, das ist der babylonische Wahnsinn.«

Mathias Schnitzler, Frankfurter Rundschau

Hotlist der zehn besten Bücher unabhängiger Verlage 2013.

ISBN 978-3-86241-455-0
160 Seiten | Taschenbuch | 4. Auflage
E-Book 978-3-86241-601-1

LUIZ RUFFATO
ICH WAR IN LISSABON UND DACHTE AN DICH

Aus dem Portugiesischen von Michael Kegler

»Luiz Ruffato ist ein großartiger Schelmenroman zum Thema Migration nach Europa gelungen: Temperamentvoll, einfühlsam und bei allem Ernst des Themas – höchst vergnüglich.«

Wera Reusch, WDR

Der Roman und seine »archetypische Hauptfigur« gehören zum »Basisinventar der Weltliteratur«.

Fabian Federl, Der Tagesspiegel

»Luiz Ruffato zeigt die Würde der Verdammten dieser Erde.«

Sabine Peters, Deutschlandfunk

ISBN 978-3-86241-444-4
96 Seiten | gebunden | 2. Auflage
E-Book 978-3-86241-614-1